COLLECTION FOLIO

Odon Vallet

L'affaire Oscar Wilde

Gallimard

Odon Vallet, né en 1947, est diplômé de l'I.E.P. de Paris, ancien élève de l'E.N.A. (promotion François-Rabelais), docteur en droit et docteur en science des religions. Chargé de cours aux universités Paris-I et Paris-VII, ses travaux portent principalement sur l'anthropologie religieuse et politique.

« Chaque homme tue ce qu'il aime, et que chacun le sache : les uns le font avec un regard de haine, d'autres avec des paroles caressantes, le lâche avec un baiser, l'homme brave avec une épée ! »

O. Wilde,
Ballade de la geôle de Reading

AVANT-PROPOS

Exégèse d'une légende

La légende est, littéralement, « ce qui doit être lu » *(legenda)*. L'adjectif verbal latin a valeur impérative : il indique un ordre à exécuter et, donc, un désordre à refuser. Un récit doit être lu pour éviter toute pluralité d'interprétation, toute hésitation de l'histoire.

La légende a donc désigné, au Moyen Âge, le récit d'une vie de saint qu'on lisait dans les réfectoires des monastères, une leçon d'héroïques vertus ou, à défaut, de terribles martyres, les souffrances de l'homme rachetant alors ses faiblesses. En ce sens, la vie d'Oscar Wilde est bien une légende et le poète est aujourd'hui perçu comme un homme immolé sur l'autel du puritanisme. En France, où l'on se veut moins pudibond et plus gaulois, on voit aussi dans l'écrivain irlandais une victime de la prude Victoria et de la perfide Albion.

Pareille auréole est justifiée pour un homme si durement traité de son vivant. Celui qui a été condamné à deux ans d'affreux travaux forcés mérite une réhabilitation posthume. L'évolution des mœurs permet de prendre le parti du prisonnier de Reading et c'est tant mieux. Wilde en sa geôle fut, tel Jésus sur sa croix, abandonné de tous. Il reçut des crachats comme le Christ au Calvaire. Il est juste qu'on lui rende son honneur et qu'après tant d'années de silence gêné, on joue ses pièces, on ressuscite sa mémoire.

De son vivant, Oscar Wilde avait connu la versatilité de l'opinion. Auteur adulé du Tout-Londres, constamment à l'affiche, toujours dans les médias, il fut, du jour au lendemain, oublié de tous. Comme la foule applaudissant Jésus aux Rameaux le conspua au Golgotha, le public enthousiaste de Wilde se détourna de son auteur favori sitôt qu'il eut la « révélation » de son homosexualité pourtant déjà bien connue. « Malheur à vous, hypocrites », disait Jésus aux pharisiens. On pourrait aussi maudire cet establishment qui fait volte-face le jour où le procès du poète déchire les cache-sexe de la vérité.

Le procès de Jésus fait ici encore référence et, dans sa *Ballade de la geôle de Reading*, Wilde identifie son sort et celui de ses codétenus au destin du Crucifié, comparant la tenue du bagnard à la tunique du Christ. La comparaison va plus loin : de même que le Christ a sacrifié seul sa vie au rachat de tous les hommes, Wilde a été l'unique victime d'une affaire qui aurait pu jeter en prison tous les homosexuels de Londres.

Autre rapprochement, les procès de Jésus-Christ et d'Oscar Wilde ne sont connus que par les récits de leurs disciples ou partisans : les quatre évangélistes pour le premier, Franck Harris, Hillary Pacq et H. Montgomery Hyde pour le second (voir la bibliographie en fin de volume). Mais on n'a jamais connu ni la teneur exacte des propos échangés (pour le procès de Wilde, la phase d'accusation du procès, essentielle, est secrète) ni, surtout, les versions des adversaires des deux hommes. Qu'en serait-il donc de la Passion du Christ décrite par les pharisiens et légistes ou de celle de Wilde racontée par son accusateur, le marquis de Queensberry ?

Nous n'en savons rien et c'est pourquoi il faut redoubler de prudence dans l'interprétation des faits. Pour Wilde, nous disposons certes des comptes rendus de la presse. Mais les quotidiens anglais sont restés bien laconiques, ne consacrant au procès que des brefs et vagues articles, des allusions trop précises à l'homosexualité risquant de choquer le lecteur. La lecture des journaux français est plus instructive et l'on y apprend ainsi qu'Oscar Wilde fut mis en accusation, en toute légalité, par un jury que présidait un citoyen français, correspondant à Londres du *Figaro* (voir l'annexe 3). L'affaire Oscar Wilde prend ici une tournure internationale qui dépasse les limites de la société victorienne.

André Gide ne s'y trompait pas, qui refusa prudemment (ou lâchement) de s'en prendre à la justice britannique et de défendre son ami condamné. Pendant qu'Oscar Wilde obtenait les faveurs intéressées de ses jeunes amis londoniens dans une maison de rendez-vous de Little College Street, l'auteur de *L'Immoraliste* entretenait le même type de relations dans un établissement de bains parisien de la rue Oberkampf. Et s'il s'était fait surprendre, la justice française aurait pu, en vertu de l'article 334 du code pénal, le condamner à deux ans de prison, exactement la durée d'incarcération du poète irlandais.

Quant à l'opinion publique, anglaise ou française, elle ne serait aujourd'hui pas tendre avec les deux écrivains qui pratiquaient le tourisme sexuel en Algérie avec des adolescents d'à peine quinze ans. Aujourd'hui comme hier, à Paris, Londres ou Alger, les deux hommes ne devraient leur salut qu'à la discrétion. La qualité d'écrivain n'y change rien : dès lors que des amours reçoivent l'opprobre de la loi et du peuple, ce qui est fascinant dans un livre devient repoussant dans la vie et l'on passe vite du sublime de l'œuvre d'art au sordide du fait divers.

Avec beaucoup de panache, un brin suicidaire, Oscar Wilde a voulu affronter un public d'hommes de loi et passer du théâtre au prétoire.

Toute sa vie, l'auteur du *Portrait de Dorian Gray* fut fidèle au constat de Shakespeare : « Le monde entier est une scène et tous les hommes et femmes sont de simples acteurs » (*Comme il vous plaira*, acte II, scène VII).

Reste à se composer un personnage, à trouver sa *persona*, un mot latin qui désignait précisément le masque de l'acteur et que Jung utilisa pour nommer cette part d'exagération et de dissimulation nécessaire pour vivre en société : il n'y a pas de caractère sans déguisement, pas de mental sans mensonge. Ces « hypocrites » étaient, dans la Grèce classique, des comédiens qui interprétaient un rôle convenu, un peu comme dans le procès d'Oscar Wilde chaque témoin vient tenir l'emploi qu'on attend de lui.

Sur la scène du tribunal, Oscar Wilde eut plutôt tendance à oublier qu'à défaut du vrai, on doit à son auditoire du vraisemblable. Or, en dépit des preuves accumulées d'actes « grossièrement immoraux », le poète s'obstina à plaider non coupable et à se prétendre choqué de telles accusations. Mais Oscar Wilde en vierge effarouchée, c'est Barbe-Bleue en enfant de chœur : le public n'y croit pas. Le jury populaire le déclara donc coupable et « Mr Justice » (le juge) lui infligea la peine maximale « car la farouche Justice de l'homme suit droit sa route sans se permettre le moindre écart [...] avec un talon de fer elle écrase le fort » (*Ballade de la geôle de Reading*).

On pourrait s'arrêter là et faire de ce procès centenaire (il date de 1896) une pieuse commémoration d'autant plus hypocrite qu'il y a, en Europe comme en Amérique, de plus en plus de détenus condamnés pour un motif d'ordre sexuel : rien qu'en France, ils sont près de cinq mille, purgeant souvent une longue peine. S'attendrir sur le sort de Wilde permettrait d'oublier ses successeurs frappés par notre propre Justice (même s'il n'est pas ici question de défendre n'importe quel acte sexuel), un peu comme au Moyen Âge, on célébrait le culte des martyrs chrétiens de la Rome antique pour mieux oublier tous les croyants massacrés par la Sainte Inquisition.

Mieux vaut procéder plus équitablement et rendre à chacun sa dignité de responsable. On verra dans ce livre (chapitre VII) que le comportement d'Oscar Wilde est parfois bien discutable et que celui de son ami, lord Alfred Douglas, est franchement odieux. En comparaison, leurs jeunes amants prolétariens semblent plus sympathiques dans leur brutale candeur.

Le plus injuste serait sans doute d'oublier le coïnculpé d'Oscar Wilde, Alfred Taylor, un peu souteneur et beaucoup gigolo. Ce livre aurait dû s'intituler : *L'affaire Oscar Wilde-Alfred Taylor*. Parmi tous les « petits Jésus » (c'était le surnom français des jeunes séducteurs intéressés) de cette histoire, l'aîné Alfred Taylor, admirable par son refus courageux de dénoncer quiconque, est beaucoup plus protecteur que souteneur. S'il y a un paradis quelque part, Taylor a dû y monter et on peut lui appliquer cette phrase de Jésus dédiée aux pharisiens : « Les prostitué(e)s vous précèdent dans le Royaume des cieux. »

Les relations entre des prolétaires, un artiste (Oscar Wilde) et un aristocrate (Alfred Douglas) ont forcément une dimension politique. Si Oscar Wilde est difficile à classer politiquement (trop imprévisible pour être étiqueté) on ne peut oublier qu'il fut défendu par un avocat conservateur et condamné en vertu d'une loi proposée par un député d'extrême gauche (voir chapitre II). Cela nous semble aujourd'hui étonnant parce que le mouvement gay américain et européen est issu de tendances progressistes voire révolutionnaires (la protestation contre la guerre du Viêtnam aux États-Unis, le Front homosexuel d'action révolutionnaire en France). Mais Wilde n'avait pas grand-chose à attendre d'une gauche vertueuse mariant droit social et sens moral.

On verra donc (chapitre VIII) les hésitations de Bernard Shaw à défendre Oscar Wilde. Les deux dramaturges irlandais, nés la même année, étaient trop différents. Wilde, fin helléniste et plaisant esthète, défend l'érotisme grec. Shaw, chantre de la solidarité humaine et cofondateur du parti travailliste, préfère l'amitié et le partage des valeurs. Philia contre Éros, la bienveillance opposée au désir amoureux, c'est un débat vieux de deux mille cinq cents ans qui resurgit, celui qui fait de son semblable un amant ou un frère.

Justement, deux frères sont ici présents avec leurs amants : Alfred Douglas, en compagnie d'Oscar Wilde et Francis Douglas junior avec lord Rosebery, Premier ministre. De même que, dans le procès comme dans ses comptes rendus, Taylor disparaît presque complètement derrière Wilde, Francis est masqué par Alfred. Ici les motifs sont inverses : Francis ne souffre pas d'un défaut de notoriété ou d'honorabilité. Il a visé trop haut et sa liaison dérange les défenseurs de la paix publique sans intéresser pour autant les chroniqueurs littéraires. Il est plus romanesque et moins périlleux d'être l'amant du poète que celui du gouvernant. Francis ayant été réduit au silence par un coup de fusil (sans doute tiré par lui-même), ses mânes bénéficieront d'une parfaite tranquillité jusqu'à ce que l'auteur de cet essai vienne s'interroger sur les causes de cette longue discrétion. Comme on le verra (dans le chapitre V), d'impérieux motifs de politique intérieure et internationale expliquaient que lord Rosebery (dont le cas fut évoqué dans le huis clos de la mise en accusation d'Oscar Wilde) ne figurât pas dans le box des accusés.

Il n'est pas nouveau que le fléau de la raison d'État fasse pencher la balance de la justice. Que celle-ci épargne un jeune officier subalterne nommé Winston Churchill (voir chapitre IX), soupçonné sur ses mœurs, est plus surprenant. Mais on verra que le fils de lord Randolph possédait déjà un sens politique affirmé qui lui permit de se tirer de ce mauvais pas. Là où le poète Oscar revendiquait hautement son bon droit, le hussard Winston négocia habilement l'obstacle, sachant éviter le procès, ce duel où même le gagnant retrouve rarement son honneur.

L'affaire Oscar Wilde, examinée avec la loupe de Sherlock Holmes (Conan Doyle fera ici une entrée-surprise), promet donc bien des rebondissements. Il reste à donner quelques indications sur la méthode ici utilisée pour déchiffrer ces énigmes. Elle ne doit rien au roman mais exigea beaucoup de patience. Commencée sur l'arête du Cervin (là où disparut le petit frère du marquis de Queensberry, l'adversaire d'Oscar Wilde), cette étude s'est poursuivie à la Bibliothèque nationale et à la British Library.

Il est bien vite apparu qu'on ne devrait pas se contenter des biographies, souvent remarquables, d'Oscar Wilde : centrées sur l'écrivain, elles ne pouvaient guère s'aventurer sur les terrains politiques et religieux. La formation juridique et théologique de l'auteur fut ici précieuse pour examiner toutes les facettes de cette affaire contradictoire qui nous emmène de bordels en églises et de cachots en palais. Une affaire d'une grande subtilité qui oppose Wilde, un Irlandais d'origine protestante (une situation inconfortable) à Queensberry, un Écossais se disant athée (un blasphémateur pour ses compatriotes) devant un tribunal anglais lié à la monarchie britannique et à l'establishment londonien.

Place, donc, à l'affaire Oscar Wilde, avec sa justice sinueuse, sa politique tortueuse et sa religion ondoyante. Elle ne nous réconciliera pas avec le genre humain « car nul ne peut dire jusqu'à quel rouge enfer son âme aveugle peut s'égarer[1] ».

ODON VALLET

1. *Ballade de la geôle de Reading.*

I

Deux vies brisées

« À Oscar Wilde, poseur somdomite (*sic*). » Une carte ainsi rédigée est déposée, le 18 février 1895, au club londonien Albermarle où le poète a ses habitudes. Le libelle émane du marquis de Queensberry, père d'Alfred Douglas, amant de l'écrivain. Un père boxeur, au caractère abrupt et au langage direct, brouillé avec les règles de l'orthographe et les principes du savoir-vivre.

Queensberry sait juste lire et écrire, s'étant engagé à douze ans dans la marine royale. Il ignore tout de la Bible et de Sodome, cette ville mythique que le livre saint situe au bord de la mer Morte : ville de bassesses enfouie au point le plus bas de la planète ; ville de turpitudes d'où l'on extrait, à destination de tout le Proche-Orient, le bitume aux odeurs nauséabondes.

Mais le marquis sportif, fier de son inculture, sait porter les coups, causer ce que l'anglais appelle *injures* et le français blessures. Wilde, friand des phrases assassines, admet mal d'être défié, pour la première fois de sa vie, sur son propre terrain de jeu. L'homme de théâtre se fera plaideur et lui qui ne cesse de faire rire va porter plainte en diffamation avant de se voir, à son tour, inculpé pour « indécence grave ».

Ainsi commence l'un des plus grands procès de l'histoire pénale britannique : il ébranlera le Premier ministre en exercice, lord Rosebery, frôlera son lointain successeur, Winston Churchill, fera trembler nombre de gentlemen de la meilleure société. Mais un seul tombera : Oscar Wilde, plus habile à jongler avec les mots qu'à défendre sa cause.

Il expiera les péchés de ses semblables, plus discrets sur leurs mœurs et plus puissants aux yeux des juges. Trop fier pour se dévoiler, il ne saura pas apitoyer le tribunal, indisposé par sa dérision. Ses reparties cinglantes lui vaudront les foudres d'un juge et il subira les horreurs de la geôle de Reading.

Mais le procès, ou plutôt la suite de procès, d'Oscar Wilde fera en fait deux victimes, car le « vainqueur », Queensberry, se ruinera en avocats et se brouillera avec sa famille, hostile à tout ce déballage obscène que représente un procès public. « Mieux vaut un mauvais arrangement qu'un bon procès », dit-on parfois et l'affaire Oscar Wilde montre bien les terribles dégâts qu'inflige la machine judiciaire qu'on a imprudemment mise en marche. Une leçon à méditer en notre époque où les juges sont les héros des temps modernes et les prétoires les confessionnaux de l'ère agnostique.

Enfin, la haine entre Oscar Wilde et Queensberry masque mal l'amour refoulé que se portent ces deux marginaux et les drames cachés de deux adversaires qui ont perdu l'un sa petite sœur et l'autre son petit frère. Ajoutons qu'Alfred, le fils maudit et l'amant scandaleux, a lui aussi perdu son grand frère et que toutes ces morts sont entourées de mystère. Les procès seront incapables de calmer ces douleurs et d'élucider ces énigmes. Mais les trois hommes trouveront refuge dans la poésie et mettront en vers leur souffrance, suivant en cela le conseil de Haydn : « De mes grandes douleurs, je fais de petites chansons. »

II

« *Un acte d'indécence grave* »

En cette fin de XIXe siècle, un seul grand pays européen ne réprime pas les rapports « contre nature » entre adultes consentants : en 1791, la Révolution française a supprimé le crime de sodomie, trop entouré de connotations bibliques ou cléricales pour avoir droit de cité dans un régime laïque. Partout ailleurs ces rapports, lorsque la justice en a connaissance, sont sévèrement punis : au Royaume-Uni, des peines de pendaison sont couramment prononcées (jusqu'en 1861 en Angleterre et 1889 en Écosse) et, jusqu'en 1835, sont encore exécutées.

Mais des médecins commencent à parler de l'homosexualité (le mot n'est guère utilisé couramment par eux qu'à partir des années 1880) comme d'une perversion à soigner et non plus d'un vice à punir. C'est là un progrès important puisque l'« inverti » n'est alors plus justiciable des tribunaux correctionnels mais des cabinets médicaux. À Vienne, Krafft-Ebing, l'un des maîtres de Freud, publie sa *Psychopathia sexualis* où il étudie longuement, au titre de la « sexualité antipathique », « les sentiments homosexuels dans les deux sexes ». Bientôt traduit en anglais et en français, l'ouvrage fait le bonheur des carabins du monde entier qui s'arrachent ses éditions successives et ses passages croustillants, même si les doyens des facultés exigent que les propos les plus scabreux restent écrits en latin. Et pour demander l'abrogation de la législation autrichienne contre les homosexuels, Krafft-Ebing rédige une brochure qu'Alfred Douglas fera traduire au moment du procès d'Oscar Wilde.

En Allemagne, depuis 1871, l'article 175 du code pénal prussien interdit la sodomie sans rien dire de l'amour entre les femmes. Cette interdiction visant les homosexuels masculins jouera un grand rôle dans l'histoire de la psychanalyse qui, dès sa naissance, sera sommée de prendre parti. Le sexologue Magnus Hirschfeld, fondateur (en 1895, l'année du procès de Wilde) d'un « Comité scientifique et humanitaire », demandant l'abrogation de cette loi, sera l'un des premiers adhérents de la Société psychanalytique de Berlin. Auparavant, pour obtenir l'abrogation du texte, il aura demandé l'appui des amis de Freud, rassemblés dans la « Société psychologique du mercredi ». Le jour où ils examineront la requête de Hirschfeld, ces confrères décideront de fonder la première Société psychanalytique du monde, celle de Vienne.

Mais les juristes n'ont pas encore la tolérance de ces médecins d'avant-garde. En Grande-Bretagne, le Parlement débat, en 1885, d'un paragraphe complétant la loi criminelle et précisant : « Tout homme qui, en public ou en privé, commet un acte d'indécence grave avec une autre personne du sexe masculin, ou est complice d'un tel acte, ou favorise ou essaye de favoriser la participation à cet acte se rend coupable d'un délit passible, à la discrétion de la cour, d'une peine de prison, n'excédant pas deux ans, avec ou sans travaux forcés. » La loi n'évoque pas les relations entre personnes de sexe féminin et la reine Victoria aurait ainsi justifié ce silence : « Jamais une femme ne ferait une chose pareille. » Il est vrai que le Parlement anglais est très pudique. Siégeant à Westminster (le « monastère de l'ouest ») et disant les prières avant chaque séance, les députés n'évoquent les choses du sexe qu'avec réticence.

Politiquement, le nouveau paragraphe n'est pas conservateur. Avant d'être voté par une Chambre des communes à majorité libérale, il sera défendu par un député lui-même libéral, Henry Labouchère, siégeant sur les bancs de la gauche radicale et ami des républicains irlandais[1]. Le député possède aussi un hebdomadaire

1. Issu d'une famille de riches banquiers, d'origine fran-

au ton incisif, *Truth*, qui se montrera d'abord favorable aux œuvres de Wilde avant d'être beaucoup plus critique à l'égard de ce « phraseur efféminé ». Devenu diplomate à Washington, Labouchère aura la désagréable surprise de voir ledit phraseur engager un petit flirt avec sa femme. La condamnation de Wilde prendra un air de revanche...

Le paragraphe Labouchère est d'une sévérité mesurée (pas plus de deux ans de prison) mais d'un champ d'application vague et vaste puisqu'il permet à la justice et à la police de sanctionner des actes commis en privé et, donc, de s'inviter au domicile des citoyens. Officiellement, cette mesure a pour but, en combattant l'« indécence », de lutter contre les maîtres chanteurs qui s'en repaissent et peuvent à tout moment, faute d'être payés par leur victime, créer des scandales mettant en cause de hautes personnalités. En fait, en élargissant la définition du délit, elle risque surtout de multiplier les occasions de chantage comme Oscar Wilde en fera l'amère expérience.

çaise, Labouchère professe des opinions de gauche en politique intérieure et extérieure. Au moment du procès d'Oscar Wilde, il s'oppose au patronat confronté à une grève des ouvriers cordonniers et il critique vivement la politique coloniale et militaire du gouvernement Rosebery. Labouchère ne cache pas non plus ses opinions républicaines qui le font détester de la reine Victoria.

Mais ce paragraphe, si démodé nous semble-t-il aujourd'hui, a été facilement adopté par les parlementaires qui ont même doublé la peine maximale, initialement fixée à un an. Ce texte se trouve placé au milieu d'un vaste amendement à la loi criminelle, destiné à « accroître la protection des femmes et des filles et à obtenir la suppression des bordels ». Si ce dernier objectif est rapidement abandonné par les parlementaires comme étant irréaliste ou trop contraignant, l'amendement contient de nombreuses dispositions favorables à la protection des mineurs contre les abus sexuels. Et ces éléments sont tout à fait conformes au droit le plus actuel.

Les députés et, surtout, les lords ont longuement discuté de l'interdiction de la « connaissance charnelle et des assauts indécents » contre des jeunes filles (ils ont « oublié » les jeunes garçons) qu'il faut protéger des patrons lubriques ou des maîtres d'école séducteurs. Ils ont aussi débattu de la protection des jeunes filles handicapées (« idiotes » ou « imbéciles ») et voulu soustraire les « faibles » à la « convoitise des forts », nous dirions aujourd'hui au harcèlement sexuel.

Dix ans plus tard, Oscar Wilde sera donc jugé et condamné en vertu d'un texte pas forcément rétrograde et qui se veut, d'une manière confuse, tout autant protecteur que répressif.

Mais il comporte une contradiction : la loi anglaise interdit les relations sexuelles entre hommes alors que la société victorienne les facilite. Tout encourage les jeunes hommes à vivre entre eux, à ne point fréquenter les femmes sauf, peut-être, les prostituées. On exalte les valeurs masculines dans le sport, on éduque en vase clos les garçons : certains commencent l'année en camarades et la terminent en concubins dans des collèges où rien de féminin ne vient troubler les internats. Mais, à l'âge convenable, ceux sur qui pèse « le fardeau de l'homme blanc » doivent se marier et avoir beaucoup d'enfants pour peupler un Empire et encadrer des colonies qui couvrent un quart de la planète : au temps d'Oscar Wilde, le taux de natalité de la Grande-Bretagne est supérieur d'un tiers à celui de la France.

Les jeunes gens doivent d'autant plus se ranger qu'à la différence de la France, l'Angleterre, catholique ou protestante, ne sépare pas vie publique et vie privée et que le moindre écart de conduite d'un membre de la famille royale ou de la Chambre des Communes déclenche un scandale dans la presse. De ce côté-ci de la Manche, Félix Faure peut mourir à l'Élysée dans les bras de sa maîtresse et « perdre sa connaissance » par l'escalier de service sans que les citoyens s'en émeuvent. De l'autre côté, Parnell, le leader nationaliste irlandais, chef de la cause pour laquelle combattait lady Wilde, la mère de l'écrivain, voit sa carrière brisée par la révélation d'une liaison extraconjugale et meurt de chagrin peu après. Oscar aura ainsi un sort aussi cruel que celui du héros de sa mère.

III

Le boxeur et le poète

L'adversaire d'Oscar Wilde est une sorte de brute humanitaire. C'est une brute, car il pratique la boxe aussi bien contre des passants dans la rue qu'avec ses adversaires sur le ring. Mais c'est aussi une brute humanitaire, car il a fixé les règlements, mondialement reconnus, qui adoucissent ce sport violent.

John Sholto Douglas, marquis de Queensberry, est membre d'un des plus vieux et fiers clans d'Écosse. Nombre de ses illustres ancêtres ont bataillé contre les rois d'Angleterre, tel, au XIVe siècle, le fameux Douglas le Noir, chef si redouté des Anglais que les mères en menaçaient les enfants turbulents. Chez ces aristocrates qui vivent de leurs rentes, on est également sportif de père en fils, grand chasseur et grand parieur : la vie s'écoule entre les terres à gibier d'Écosse et les champs de course londoniens. Enfin, la boxe est l'amusement de la famille : le bisaïeul et le trisaïeul de John Sholto furent les sponsors de boxeurs dont Conan Doyle célèbre les exploits dans son roman *Rodney Stone* et dans ses *Contes du ring.* À chaque génération, il y a donc un Douglas pour s'illustrer dans le « noble art ».

Mais Queensberry ne se contente pas, comme ses ancêtres, d'entretenir des écuries de boxeurs, journaliers misérables qui améliorent leur ordinaire en s'exhibant dans les arrière-salles des pubs de banlieue. Il devient, lui aussi, un pratiquant assidu, s'entraînant dur, pendant quinze ans, pour disputer des combats. Il gagne même un match en quarante-quatre rounds, soit une heure trente de combat. Le marquis a ainsi franchi avec audace, et peut-être témérité aux yeux de son milieu social, le fossé qui sépare les gentlemen des prolétaires.

Sa vie familiale est empreinte de rudesse : il bat sa femme et lui inflige la présence de ses maîtresses. Il boxe aussi son deuxième fils, le doux Percy, qu'il frappe en plein Piccadilly, à la sortie d'une audience du procès Wilde. Une rumeur dit qu'en réponse Percy cracha au visage de son père sur son lit de mort.

La marquise de Queensberry est à l'opposé de son mari. Issue d'une vieille famille de la noblesse normande, Sybil Montgomery, décrite par ses amis comme étant la douceur personnifiée, ne vit que pour les arts, la musique et la poésie. Elle comprendra un peu tard sa mésalliance et s'éloignera progressivement de son époux avant d'obtenir le divorce.

Pourtant, l'irascible marquis est aussi l'auteur, ou plutôt le coauteur, des célèbres *Queensberry rules* qui, rédigées en 1866, s'imposeront petit à petit avant d'être, en 1891, officiellement adoptées comme règlements mondiaux de la boxe. Mais l'aristocrate, au bagage intellectuel fort réduit, n'a fait que superviser la rédaction de ces règles qui furent écrites par le journaliste John Chambers : celui-ci joua le rôle de nègre et Queensberry recueillit le bénéfice de son travail.

Il s'agit bien de règles humanitaires. Les chaussures à clous, dangereuses, sont désormais interdites, tandis que les rounds sont limités à trois minutes et séparés entre eux par un repos de soixante secondes. De plus, la création des catégories de poids évite les combats déséquilibrés et l'on peut ici penser que le poids léger Queensberry a d'abord voulu se protéger de plus lourd que lui. Cette prudence prend toute sa valeur par rapport au procès qui opposera Oscar Wilde au marquis : celui-ci sait jauger un adversaire avant de s'attaquer à lui.

Certes, il a parfois surestimé la portée de certaines de ses innovations pugilistiques qui n'empêcheront, sur les rings, ni les blessures graves ni les tricheries nombreuses. Mais Queensberry a profondément modifié l'esprit de la boxe qui donnera désormais la priorité à la tactique sur la force brute, privilégiant l'art de la feinte et le jeu d'esquive : l'essentiel n'est plus d'attaquer à tout prix mais de se défendre intelligemment. Et justement, face à Oscar Wilde qui va le poursuivre imprudemment devant les tribunaux, le boxeur, inculte mais pas bête, sera un parfait défenseur.

Quand il ne rôde pas autour des rings, le marquis fréquente les paddocks. Il possède sa propre écurie de courses et se montre à tous les principaux événements du calendrier turfiste. Sans doute à cause de son caractère, il ne semble pas s'y être fait beaucoup d'amis. Par contre, cette présence assidue dans des enclos mondains, où se croisent parieurs fortunés et fraudeurs patentés, lui procure une bonne connaissance des allées du pouvoir et des ruses des gagnants. Cette familiarité se révélera précieuse quand le noble Écossais déclenchera une véritable enquête paralégale contre Oscar Wilde, accumulant les renseignements sur son adversaire comme les tuyaux sur un cheval. Elle sera également fort utile lorsqu'en père outragé il affrontera le comte de Rosebery, Premier ministre de Sa Majesté, lui aussi propriétaire d'une écurie de courses et, à ce titre, triple vainqueur du Derby d'Epsom.

Mais les goûts sportifs de Queensberry ont l'inconvénient d'être coûteux. Avant d'être définitivement ruiné par son procès contre Wilde, le marquis aura laissé dans la boxe et les courses une bonne partie de ses douze mille hectares de terres comme de ses vingt mille livres de revenus. Et quand ses hivers ne sont pas occupés par le patinage sur les lacs écossais ou les chasses à courre dans les landes des Basses-Terres, il les emploie à fréquenter les salles de sport et à y gaspiller ses guinées restantes.

Queensberry assure, en effet, un dispendieux parrainage à des hommes forts. Son préféré répond au doux nom de Lionel Strongfort, fondateur de la « science du strongfortisme » : il arrache facilement 312 livres, déchire d'un geste 260 cartes à jouer et fait passer sur sa poitrine une voiture avec ses sept occupants, soit une charge de trois tonnes et demie.

Un tel personnage mérite qu'on s'arrête un peu sur sa conception du masculin, très proche de celle de son parrain. Strongfort évolue à la jonction de deux disciplines voisines et adverses : le culturisme et l'haltérophilie. La première, avec son idéal de corps parfait, prospère dans une ambiance discrètement homosexuelle. La seconde, pratiquant le culte de l'homme fort, n'a que mépris pour toutes les atteintes à la virilité. Les fédérations sportives qui ont voulu rapprocher ces deux activités ont toujours enregistré les pires déconvenues. Et pourtant Queensberry et Strongfort visent cet impossible.

Le bel et fort Lionel qui, d'après un mystérieux « professeur berlinois », est « conforme à tous les canons de la beauté et de la santé », dirige un institut culturiste possédant des salles à Londres et à Berlin. Ce temple du muscle, fondé avec le soutien de son généreux ami, ouvre ses portes en 1895 au moment où Queensberry est attaqué en justice par Oscar Wilde dont l'embonpoint précoce et les traits alourdis sont à l'opposé du physique avantageux de Strongfort.

Celui-ci élabore, avec l'aide du marquis, une véritable théologie de la rédemption physique : « Je crois dans la sainteté du corps humain. Je crois dans le droit divin de chaque être à posséder un corps qui est fort et beau et rayonnant d'énergie[1]. » Ces phrases traduisent la fascination maintes fois exprimée par Queensberry pour les occupants des gymnases, ces « lieux du nu » où évoluent des athlètes aussi impressionnants que leur sponsor est maigrelet.

L'adversaire d'Oscar Wilde, qui a si souvent crié son mépris pour les « somdomites », conçoit son parrainage des sportifs comme un amour sublimé. Tel le pédéraste antique, il vénère le corps de ses protégés mais, selon toute vraisemblance, n'y touche pas. Un pareil

1. Lionel Strongfort, *Promotion and Conservation of Health, Strength and Mental Energy*.

comportement est d'ailleurs historiquement fondé puisque, dans le christianisme primitif, le sponsor ou parrain était le chaste successeur du pédéraste et poursuivait, sur un mode désincarné, l'œuvre éducative de ce dernier, en transformant l'amour du beau en amour du bien.

Queensberry soutient donc la jeunesse musclée, court l'Europe et l'Amérique pour dénicher de nouveaux talents. Sa passion pour l'exercice physique n'a pas de bornes et il redonne au mot « sport » le vieux sens qu'il avait au temps de Shakespeare, celui d'un complet divertissement, d'un total dépaysement, voire d'une joute amoureuse brisant l'ennui quotidien et la routine du foyer. Le marquis-boxeur a seulement fait de ce sport-amusement une véritable profession et, parfois, un commerce vulgaire : il juge ses athlètes comme un maquignon ses bovins.

Le boxeur léger, mesurant à peine cinq pieds cinq pouces, a pour « anges gardiens » des gardes du corps qui le protègent de ses multiples ennemis, accumulés au cours d'innombrables querelles. Il se promène avec ces costauds et apprécie leur compagnie, même si cette amitié n'a, semble-t-il, rien d'équivoque. Car selon tous les témoignages, lord Queensberry passe ses journées avec de beaux hommes et ses nuits avec de belles femmes.

Il paraît d'ailleurs aussi expéditif dans sa vie sentimentale que dans sa carrière sportive et ne s'embarrasse pas de longs arguments pour conduire ses assauts amoureux. Il fréquente diverses courtisanes et semble jouir d'un préjugé favorable dans les milieux de la prostitution : un tel soutien ne sera pas à dédaigner lorsque les représentantes de l'amour tarifé prendront violemment à partie Oscar Wilde et ses galants compagnons.

À bien des égards, le poète présente un profil symétrique de celui du boxeur. Comme celui-ci, il n'aime guère les longs développements ni les arguments contournés. Wilde a suffisamment de bons mots pour n'avoir pas besoin de faire des phrases et son style concis ressemble à un coup droit. Il pratique une boxe verbale avec des formules qui font choc et des idées qui se heurtent dans un festival de paradoxes. Chacun de ses raccourcis vengeurs contre l'hypocrisie de l'establishment provoque, dans le public bourgeois, une explosion de rire.

Par son humour caustique, Oscar Wilde bouscule les bienséances et abrège la réflexion : il démonte mais ne démontre pas, se presse de conclure plus que de convaincre, car, dit-il, « le temps, c'est une perte d'argent ». De ses mots percutants, il fait une arme infaillible où la réplique tient lieu de dialogue, celui-ci étant perçu comme une menace pour son intimité : « Les questions ne sont jamais indiscrètes, les réponses le sont parfois[1]. »

Les bonheurs de plume lui permettent de faire mouche le plus souvent et l'auteur du *Portrait de Dorian Gray* possède une parfaite maîtrise de l'ironie. Mais il se montre parfois brouillon dans le choix de ses cibles et dit choisir « ses ennemis pour leur intelligence[2] ». Lorsque, dans les dîners mondains, Wilde fait de l'esprit au détriment de ministres en exercice ou de juristes réputés, il se crée de mortels adversaires. Même ses amis, comme André Gide, trouvent ses amalgames injustifiés et estiment que ses propos abrupts manquent un peu d'allonge : malgré une exceptionnelle virtuosité dans le maniement de la langue anglaise, il ne suffit pas de s'attaquer aux « philistins » du Tout-Londres pour se transformer en prophète biblique, ni de dénoncer les conventions sociales pour avoir une pensée originale.

Oscar Wilde est bien aussi asocial que le marquis de Queensberry. Tous deux se cherchent donc des plaisirs hors normes, l'un dans les outrances verbales et l'autre dans les excès sportifs. Le premier trouve son bonheur dans l'invention des mots et le second dans l'exercice

1. O. Wilde, *Un mari idéal.*
2. O. Wilde, *Le Portrait de Dorian Gray.*

du corps. C'est en cela qu'ils s'opposent radicalement, surtout quand le poète affirme : « Je suis prêt à tout pour retrouver ma jeunesse, sauf faire de l'exercice et me lever tôt le matin[1]. »

Cette différence explique largement l'ascendant qu'exercera Oscar Wilde sur le fils de Queensberry, Alfred Douglas, rencontré quatre ans avant le procès. Alfred est déçu par un père fruste qui encourage plus l'entraînement de ses champions que les études de ses enfants. Il cherche, loin des sports paternels, d'autres sensations que le tiraillement des courbatures, d'autres effluves que le parfum des embrocations et trouvera auprès de son nouvel amant le bagage culturel et le prestige intellectuel qui font défaut dans sa propre famille.

Cet érotisme de tête (Alfred et Oscar n'auront que des relations sexuelles très épisodiques) se nourrit d'une véritable fascination du cadet pour l'aîné, pour ses propos non conformistes et son existence « libérée », fort éloignée des contraintes de l'effort et de la vie de champion. Comme Cyril Collard, lui aussi fils d'un grand dirigeant du sport (ancien vice-champion d'Europe de judo, président de la Fédération française de judo et président du Comité national olympique et sportif français), Alfred Douglas trouvera son chemin de Damas auprès d'un

1. *Ibid.*

homme de spectacle et passera, avec les amants de Wilde, bien des « nuits fauves ».

Il reste que les univers d'Oscar Wilde et de Queensberry présentent de troublantes analogies par leur recherche d'une fusion entre l'âme et le corps. Pour le poète, « il y a de l'animalité dans l'âme [ce qui est étymologiquement correct] et le corps a ses moments de spiritualité ». En conséquence, « qui pourrait dire où cesse l'impulsion de la chair et où commence l'impulsion physique[1] » ?

Pour le marquis, modeste poète à ses heures perdues, il faut rechercher la « perfection du corps et de l'âme », car le salut viendra « de vigoureuses charpentes dotées d'esprits sains[2] ». L'esprit sain dans un corps sain, c'est justement ce qu'en 1894 un autre aristocrate original, le baron de Coubertin, vient de proposer avec le rétablissement des Jeux olympiques, « exaltant et combinant en un ensemble équilibré les qualités du corps, de la volonté et de l'esprit ».

Wilde et Queensberry s'accordent également sur ce néo-paganisme éloigné de la morale victorienne comme des dogmes chrétiens. Quelques mois avant le procès, ils sympathisent même lors d'une rencontre au Café royal de Londres où l'écrivain à scandale séduit l'aristocrate rebelle

1. *Ibid.*
2. Marquis de Queensberry, *The Spirit of the Matterhorn.*

par son discours libertin. Les deux hommes restent ainsi des heures à deviser et semblent alors inséparables. C'est le coup de foudre d'avant l'orage.

IV

Frères meurtris et pères honteux

Dans leur paradoxale ressemblance, Oscar Wilde et le marquis de Queensberry souffrent également de deuils dans leur fratrie et de hontes dans leur ascendance[1]. Ils ignorent probablement cette proximité dans le malheur, n'ayant guère eu l'occasion de se raconter leurs vies.

À l'âge de trente ans, Wilde écrit *Requiescat*, un poème à la mémoire d'Isola, sa sœur plus jeune de trois ans, morte dans sa neuvième année d'une fièvre inconnue. Deux décennies plus tard, le poète se voit encore comme un mort-vivant :

Toute ma vie est ici ensevelie
Entassez de la terre là-dessus.

Le parallèle entre Isola, la sœur pleurée, et Alfred, l'amant adoré, est frappant. Isola est

1. Voir en annexe, p. 159, l'arbre généalogique simplifié de la famille Douglas.

décrite « telle un lys, blanche comme neige, ses cheveux dorés luisants ». Au dire de ses amis, Alfred Douglas est aussi pâle de teint et blond de poil. Oscar ajoute, à propos de sa sœur :

Elle savait à peine
Qu'elle était une femme, si
Doucement elle grandit.

Alfred savait à peine qu'il était un homme si l'on se fie aux descriptions de ses camarades qui insistent tous sur la jeunesse de ses traits, voire sur la puérilité de ses manières. Et le contraste entre cet homme-enfant et son compagnon quadragénaire frappera leurs amis communs et scandalisera la bonne société londonienne.

Queensberry porte pareillement un deuil, aussi soigneusement enfoui que celui de Wilde : il a perdu un jeune frère, également de trois ans son cadet. Francis Douglas est décédé trente ans plus tôt, le 13 juillet 1865, dans la catastrophe du Cervin. Isola était morte d'une fièvre inconnue, Francis périt dans un étrange accident.

Les journaux anglais ont pourtant relaté longuement ce drame de la montagne qui causa la perte d'un guide français et de trois sujets britanniques. La reine Victoria parla même d'interdire l'alpinisme et l'opinion publique s'indigna : « Pourquoi gaspiller le meilleur sang d'Angleterre ? » écrivit un lecteur du Times.

Francis Douglas était sans doute du « meilleur sang » puisque, quelques jours avant l'accident, il avait été reçu premier au concours de l'école militaire de Sandhurst, le Saint-Cyr anglais. Et, juste avant le Cervin, il avait réussi la première ascension de la difficile Arête du Cœur de l'Obergabelhorn, sommet qui était alors l'un des « treize mille pieds » les plus convoités par les grimpeurs britanniques. Francis avait la tête et les jambes d'un enfant prodige, héros de la famille Douglas. Il offrait un parfait contraste avec son frère John qui, avant même ses démêlés avec Oscar Wilde, passait déjà pour le vilain canard du clan dont il était le chef.

Autant John était disgracieux, autant le jeune Francis séduisait au point qu'on a parfois imaginé une idylle entre lui-même et le chef de l'expédition au Cervin, Edward Whymper, qui manifesta d'ailleurs son souhait d'être inhumé avec le jeune lord si son corps venait à être retrouvé. Il s'agit là d'une hypothèse hasardeuse car Whymper consacra son long célibat à faire la cour à des femmes qu'il voulait aussi pures que la neige la plus blanche, exigeant même de sa future épouse un certificat de virginité payable par son beau-père.

Et pourtant, en lui faisant miroiter une prestigieuse victoire au Cervin, Whymper a bien « séduit » le jeune Francis Douglas, âgé d'à peine dix-huit ans et qui venait, deux jours plus tôt, d'échapper à la mort sur un pic voisin. Il ne l'a pas choisi pour ses beaux yeux mais pour son argent : modeste graveur de son état, le chef de l'expédition ne pouvait s'adjoindre les services d'un professionnel de la montagne. Francis, disposant d'un guide et d'un porteur, fut donc enrôlé dans une aventure où le principal instigateur faisait preuve de plus de fougue juvénile que de maturité.

Une autre relation intense entre un aîné et un cadet a joué un rôle majeur dans le processus même de l'accident. Les témoignages des rescapés, l'enquête d'un juge valaisan et les contre-enquêtes des historiens de l'alpinisme aboutissent à la même conclusion : le drame a été directement provoqué par l'inexpérience et la maladresse d'un jeune grimpeur qui a entraîné toute la cordée dans sa chute. Ce débutant de dix-neuf ans, Douglas Hadow, avait été imposé, contre l'avis des autres participants, par l'un des meilleurs alpinistes de l'époque, le révérend Hudson, plus âgé de dix-huit ans. Et cela, Queensberry le savait parfaitement lorsque, trente ans plus tard, il s'opposera à l'idylle de son fils Alfred avec le quadragénaire Oscar Wilde, redoutant sans doute quelque autre drame.

La question n'est pas ici de savoir si Hudson et Hadow ont eu ou non des relations sexuelles, même si la réponse négative est la plus probable, tout comme d'ailleurs Oscar Wilde et Alfred Douglas seront des plus timides dans ce domaine. Le problème est plutôt de comprendre comment un alpiniste compétent et renommé, qui vient de réussir les plus difficiles ascensions à l'Aiguille Verte, au mont Blanc et au mont Rose, peut manifester un tel engouement pour un novice, peu doué aux dires des témoins. Faut-il que cette attirance ait été forte pour qu'Hudson menaçât de renoncer à l'expédition du Cervin, et donc de la faire échouer, si Hadow n'y était pas admis ? Trente ans plus tard Oscar Wilde imposera aussi l'apprenti poète Alfred Douglas dans le cercle de ses amis qui se demanderont ce que cet écrivain assez moyen a bien pu faire pour séduire le « prince du langage ».

« La jeunesse est l'unique chose qui vaille d'être possédée[1] », écrit Oscar Wilde. Cette nostalgie de la jouvence coûta la vie à quatre grimpeurs qui venaient de triompher du Cervin lorsque le pied du jeune Hadow dérapa dans le vide. La chute fut spectaculaire et un peu énigmatique puisque la montagne n'a jamais rendu le corps de Francis Douglas. Pour ajouter au mystère, il se produisit alors un phénomène météorologique assez rare : un spectre de Brocken, sorte de croix lumineuse formée des rayons solaires sur fond de brume impénétrable.

1. O. Wilde, *Le Portrait de Dorian Gray*.

La mort de son frère Francis bouleversa la vie de Queensberry et le conduisit à rompre avec la foi chrétienne comme avec les puissances cléricales. Il fut scandalisé par l'attitude du curé catholique de Zermatt qui, l'accident s'étant produit un dimanche, interdit aux guides de la vallée de former une colonne de secours et de manquer ainsi la messe. Face au clergé anglican (dont Hudson faisait partie), le marquis se montra d'abord plus indulgent et consentit même à verser cinquante livres pour l'édification d'une chapelle anglaise dans la station du Valais. Mais, rapidement, il se rebella et multiplia les déclarations blasphématoires.

Alors qu'il venait d'être élu à la Chambre des lords (en Écosse, la pairie n'est pas héréditaire), encore marqué par la mort de son jeune frère, Queensberry refusa de prêter serment sur la Bible et d'« ajouter foi à tous ces enfantillages chrétiens ». Il fut donc exclu de la haute assemblée et partout montré du doigt comme le paria de la noblesse. Pour le Tout-Londres, si Oscar Wilde était un écrivain scandaleux, le marquis de Queensberry faisait figure de lord infréquentable.

Il mettra en vers ce drame personnel dans son poème, *L'Esprit du Cervin*[1], écrit, en 1876, devant la face nord de la montagne là où, onze

1. *The Spirit of the Matterhorn.*

ans plus tôt, son frère avait péri. Dans un style naïvement lyrique il se souviendra :

Sur les pentes vêtues de neige où tombèrent des lambeaux
Le frère que j'aimais, sa forme de matière
Gît, blanchissant sur les rocs, ô Cervin !
Son esprit vaillant, délivré des soucis terrestres
Est monté ce jour, chercher l'éternel repos.

Sur cette mort injuste, mal expliquée en Angleterre (il ne fallait surtout pas attenter à la mémoire du révérend Hudson) et sur ce deuil impossible, sans corps à inhumer, le frère éploré fonda une mystique panthéiste dédiée à l'« ordre de la Nature » et consacrée à la rédemption des « corps négligés ». Il y a des élans nietzschéens dans cet appel à « sauver la race ». Mais il y a surtout une blessure inguérissable dans cette méditation sur la terrible fin de son cadet dégringolant les deux mille mètres du roc comme un ange aux ailes brisées. Pour perpétuer son souvenir, Queensberry donnera le prénom de son frère à son fils aîné, le futur secrétaire particulier du Premier ministre, lord Rosebery. Ce Francis mourra d'un mystérieux coup de fusil.

Comme son père, le marquis, Alfred Douglas écrira aussi un poème sur la mort de son frère Francis :

Cher saint, vrai chevalier, je ne puis te pleurer
Et si je le pouvais, je ne pourrais ramener le souffle
À ton cher corps ; Dieu est très sage
Tout ce que cette année avait dans son ventre, Il le savait
Et, t'aimant, Il envoya son Fils, telle la Mort,
Poser sa main sur tes bons yeux gris[1].

L'esprit de compétition et la rivalité nationaliste ont aussi joué leur rôle dans la catastrophe du Cervin : les Anglais voulaient à tout prix devancer les Italiens pour prouver leur supériorité en toute chose par un de ces élans vaniteux que détestait tant Oscar Wilde. Quant à l'idée d'escalader les montagnes, son maître à penser, le critique d'art John Ruskin, l'a durement critiquée : « Vous avez fait un champ de courses des cathédrales de la terre... les Alpes que vos poètes ont aimées avec tant de respect, vous les considérez comme des mâts de cocagne. »

Mais si différent soit-il de la sportive famille Douglas, Wilde partage avec Queensberry nombre de drames familiaux. Unis par leur condition de frères endeuillés, tous deux portent

1. Lord Alfred Douglas, *Sonnets.*

aussi le poids d'un père honteux. Celui du poète, éminent chirurgien irlandais, spécialiste de l'œil et de l'oreille, avait été accusé du viol d'une patiente au cours d'une anesthésie. L'infraction ne fut jamais juridiquement prouvée et la jeune « victime » perdit un procès en diffamation qu'elle avait intenté à l'épouse du praticien, celle-ci l'accusant d'« allégations mensongères ». Mais l'absence de preuves n'empêcha pas la rumeur de courir le Tout-Dublin et la vie du docteur Wilde en fut profondément perturbée. Le jeune Oscar, âgé de huit ans lors du procès, n'a sans doute pas été officiellement mis au courant, mais, par la suite, il ne put ignorer cette flétrissure. Et pourtant, il semble avoir constamment redouté l'évocation de cet événement. « J'ai hérité d'un nom célèbre », écrira-t-il dans une lettre de prison, sans faire la moindre allusion à cette tache sur son patronyme. Et trente ans après son père, ce sera au tour d'Oscar de prendre place dans le box des accusés pour une affaire de mœurs.

Le docteur Wilde, joyeux vivant, avait aussi trois enfants illégitimes dont deux filles qui moururent dans une même soirée, brûlées par leur robe de bal. Oscar, qui a déjà pleuré sa jeune sœur Isola, perd donc encore deux demi-sœurs alors qu'il est âgé de dix-sept ans. Il ne s'est jamais expliqué sur ce dernier deuil, mais il a par contre souvent insisté sur l'importance de ces dix-sept ans qui sont l'âge de son premier amant, Robert Ross, l'âge qu'il prête (car ce n'est qu'une supposition) à l'amant de Shakespeare, Willie Hugues, et l'âge qu'il donne au premier flirt de Dorian Gray, Sibyl Vane. Dix-sept ans, ce sera aussi l'âge de plusieurs de ses amants évoqués durant ses procès, un âge qui, dans son histoire familiale, évoque des amours discrètes et des morts cachées.

Des morts cachées, il y en a aussi dans la famille de Queensberry. A l'âge de douze ans, celui-ci connaît la douleur de perdre son père. Officiellement, on parle d'un accident de chasse mais la rumeur évoque le suicide. C'est encore d'un malencontreux coup de fusil que périra l'un des frères du marquis, puis, en 1894, son fils aîné, Francis, alors en butte à des allusions sur ses rapports avec lord Rosebery. Le malheureux père se demandera d'ailleurs si Francis ne s'est pas supprimé pour échapper à « une tragédie plus stupéfiante encore » et, quelques mois plus tard, le souvenir de cet « accident » hantera les procès d'Oscar Wilde dont l'amant le plus célèbre n'est autre qu'Alfred Douglas, le frère de Francis. En tout cas, les « bouches à feu » prennent un malin plaisir à dévorer les membres d'une même famille en mêlant l'odeur de la poudre au parfum du scandale.

Les scandales, Queensberry les subit d'ailleurs en série. En 1887 il est accusé de « malformation des organes génitaux » par son épouse qui demande le divorce et se retrouve, lui le champion de la virilité, moqué pour son impuissance. En 1894, peu avant le procès qui l'oppose à Oscar Wilde, le malchanceux marquis voit son second fils, Percy, revenir ruiné d'Australie où il avait englouti sa fortune dans des mines d'or. Un fils touché par la banqueroute et deux autres par le déshonneur, c'est beaucoup pour un seul homme.

V

Un secrétaire particulier

Parmi tous les malheurs de la famille Douglas, la mort, le 18 octobre 1894, de Francis, secrétaire particulier de lord Rosebery, est l'événement le plus chargé de secrets d'État et le plus lourd de sous-entendus intimes. Qu'elle survienne quatre mois, jour pour jour, avant l'accusation de « somdomite » portée par Queensberry contre Oscar Wilde n'est pas sans importance : le malheureux marquis a désormais une bien tragique raison de se méfier des amis célèbres de ses enfants.

Né en 1867, Francis semble d'abord marcher sur les brillantes traces de son oncle mort au Cervin. Il fait de bonnes études à Harrow, le célèbre collège qui accueillit Byron et recevra Churchill. Il sert au deuxième bataillon des « Gardes du Courant froid » (Cold Stream), puis devient gentilhomme d'honneur de la reine Victoria. À ce titre, il est nommé pair du Royaume et entre donc à la Chambre des lords d'où avait été exclu son père — celui-ci n'apprécie guère d'être ainsi supplanté par son propre fils et publiquement humilié. En 1892, à l'âge de vingt-cinq ans, Francis est nommé secrétaire particulier (*private secretary*) du ministre des Affaires étrangères, Archibald Philip Primrose, cinquième comte de Rosebery, un Écossais, tout comme Queensberry et la famille Douglas.

Ces attributions seraient aujourd'hui, en France, celles d'un directeur de cabinet. Sous le Premier Empire, elles étaient dévolues à un « chef du secrétariat intime » et cette expression illustre bien le caractère interpersonnel de ce type de fonction : l'homme politique choisit son collaborateur *intuitu personae*, en dehors de toute règle d'ancienneté ou échelle de mérite. En l'occurrence, il semble bien, d'après son entourage, que les compétences du jeune Francis n'aient pas été exceptionnelles.

Comment donc expliquer ce choix un peu trop personnel d'un secrétaire sans expérience ? Lord Rosebery est, certes, un homme politique hors normes, membre du parti libéral quoique proche des conservateurs par sa politique étrangère et coloniale. C'est aussi un personnage plutôt excentrique qui a atteint les trois objectifs qu'il s'était fixés dans l'existence : épouser une Rothschild[1],

1. Rosebery, né en 1847 et mort en 1929, s'est marié en 1878 et est devenu veuf en 1890. Il a eu quatre enfants et le parrain de son fils aîné était le prince de Galles.

gagner le Derby d'Epsom et devenir Premier ministre. Par son originalité, il ressemble en plus cultivé et en plus riche (cent mille livres de revenus contre vingt mille) à Queensberry. Mais, à la différence de celui-ci, il sait mettre des bornes à l'extravagance pour garder le soutien de l'aristocratie et la confiance de la Couronne.

Francis Douglas a sans doute choisi le bon « sillage » puisque, le 3 mars 1894, Rosebery est nommé Premier ministre par la reine Victoria. Celle-ci ne supporte plus le vieux Gladstone dont le patronyme, signifiant « pierre joyeuse », traduit bien mal le sérieux compassé et le ton moralisateur. Comme l'hôte du 10 Downing Street vient d'être mis en minorité aux Communes sur la question d'Irlande, la souveraine en profite pour nommer le très mondain Rosebery qui flatte ce que Jacques Chastenet appelle la « féminité refoulée » de la nouvelle impératrice des Indes, probablement très marquée par son veuvage mais que la rumeur londonienne appelle Mrs Brown, en raison de sa familiarité avec son valet de chambre, James Brown. Mais celle-ci place à la tête du gouvernement un homme dont les relations avec son jeune secrétaire commencent à faire jaser.

Ces rumeurs ont-elles un fondement ? Queensberry en est persuadé : il s'en prend publiquement à ce « pédéraste de Rosebery » et le poursuit de sa cravache dans la ville d'eau de

Hombourg. Puis il va se plaindre à la reine Victoria qu'il abreuve de lettres d'injures et fait tout pour provoquer un scandale. Celui-ci ne se produit pas : le prince de Galles (le futur Édouard VII) s'entremet pour étouffer l'affaire, éviter que Rosebery ne soit juridiquement inquiété pour ses mœurs et Queensberry pour ses insultes.

Mais l'alerte a été chaude et si la mort mystérieuse de Francis met un terme à une relation suspecte, elle alimente encore davantage les propos malveillants. Rosebery a eu l'habileté de ne pas traduire en justice Queensberry qui le menaçait de son fouet. Mais pourra-t-il éviter que son nom ne soit cité alors que l'irascible marquis poursuit Oscar Wilde pour des mœurs analogues à celles qu'on lui prête ?

Toute mise en cause publique aurait certes des effets importants en politique intérieure : la sévère reine Victoria exigerait probablement la démission de son Premier ministre que réclamerait aussi la presse britannique, toujours prompte à dénoncer la vie dissolue des gouvernants, et que provoquerait la Chambre des communes où Rosebery ne dispose, d'ailleurs, que d'une faible majorité de neuf voix. Mais les conséquences pourraient être aussi graves dans le domaine stratégique : les journaux français commencent à faire de discrètes allusions aux mœurs du Premier ministre britannique alors que celui-ci entretient des relations exécrables avec la République française : parrain du petit-fils de Bismark, il est réputé germanophile.

La presse française a eu connaissance des rumeurs concernant Rosebery d'une manière rocambolesque : un journaliste français, P. Villars, présidait le grand jury chargé de mettre en accusation le marquis de Queensberry, poursuivi par Oscar Wilde. Et ce grand jury (dans ses débats à huis clos) aurait évoqué les mœurs du Premier ministre qui lui semblaient de même nature que celles relevées par le marquis à l'encontre de l'écrivain. Par une bizarrerie de la procédure pénale anglaise, un étranger pouvait ainsi participer à l'instruction d'une affaire pénale aux lourdes implications politiques. Et que cet étranger fût un Français n'était pas sans conséquences dans le contexte international de l'époque (voir l'annexe 3).

D'abord comme ministre des Affaires étrangères puis comme chef du gouvernement, Rosebery n'a jamais caché sa méfiance à l'égard de la France, puissance coloniale rivale de l'Angleterre et puissance continentale jugée hégémonique. En 1893, on avait même évité de justesse une guerre franco-britannique à propos de l'Indochine où les Anglais « protégeaient » le Siam et les Français le Cambodge. En 1894, la tension se porte en Europe : Rosebery cherche à s'attirer la sympathie de l'Italie et de l'Allemagne en cas d'une guerre avec la France. Dans une atmosphère aussi tendue, les indiscrétions de la presse française, si elles étaient officiellement confirmées, envenimeraient les relations franco-britanniques. On pourrait alors vite passer du mauvais roman à la crise internationale.

Mais où commence et finit la fiction dans l'histoire de Rosebery ? En novembre 1893, alors qu'il est encore en charge du Foreign Office, paraît dans le mensuel illustré *The Strand* une enquête de Sherlock Holmes intitulée *Le Traité naval*[1]. Il y est question d'un certain lord Holdhurst, « ministre du cabinet en exercice et futur Premier ministre d'Angleterre », « ministre des Affaires étrangères dans cette administration ». Tous les lecteurs ont reconnu Rosebery à qui, l'année précédente, Conan Doyle avait consacré une autre de ses nouvelles, *L'Aristocrate célibataire*, où un sous-secrétaire d'État épousait une riche héritière.

L'épisode du *Traité naval* est encore plus troublant et ressemblant. Dans la fiction, Holdhurst constate la disparition d'un « traité secret entre l'Angleterre et l'Italie », document qui « précisait la position de la Grande-Bretagne envers la Triple-Alliance » et qui « laissait prévoir la politique qui serait suivie au cas où la flotte française

1. *Le Traité naval* a été édité dans le recueil *Souvenirs sur Sherlock Holmes*.

s'assurerait la suprématie sur la flotte italienne en Méditerranée ». Dans la réalité, Rosebery est bien en train de resserrer les liens entre la Grande-Bretagne et l'Italie[1] (pays qu'il aime beaucoup et où il possède une villa) tandis que l'Amirauté française s'inquiète d'un éventuel rapprochement italo-anglais qui, entre Gênes et Gibraltar, prendrait en tenailles la flotte française de Toulon : ce serait un casus belli.

Le fameux traité disparaît du bureau du secrétaire de Holdhurst, le jeune Percy Phelps, qui n'est pas sans rappeler Francis Douglas. Le secrétaire tombe malade d'une « fièvre cérébrale » et pense à la « honte » dont il allait « accabler » son ministre : le document avait été dérobé par le frère de la fiancée de Phelps-Douglas. Holmes retrouve le papier et laisse fuir son voleur : le ministre et son secrétaire « ne tiendraient pas du tout à ce que l'affaire fût soumise à la publicité d'un tribunal ».

Conan Doyle connaît bien Rosebery : il a été étudiant à l'université d'Edimbourg au moment où le futur Premier ministre en était le président d'honneur, bien qu'il eût précocement abandonné ses études pour se consacrer aux chevaux.

1. Le gouvernement anglais ne partage pas toujours la méfiance à l'égard de la France de Rosebery, car, en 1894, la Grande-Bretagne prend ses distances à l'égard de la Triple-Alliance (Allemagne, Autriche et Italie) et commence à se rapprocher de la Russie et de la France.

Avec *Le Traité naval*, Doyle réussit sa fiction la plus proche de la réalité. Il est impossible d'approcher davantage le pouvoir, ses coulisses et ses manœuvres. Le mois suivant, le docteur Conan Doyle, un peu effrayé de ce réalisme ravageur, fera d'ailleurs mourir son détective dans les cascades suisses de Reichenbach. L'ancien carabin désargenté s'était un peu moqué d'un riche et puissant ministre : il lui faut maintenant laisser en paix les grands de ce monde pour être accepté par l'establishment et anobli par la reine. Rosebery n'a plus à craindre les indiscrétions du locataire du 221b Baker Street.

Mais il peut encore redouter bien des révélations des procès d'Oscar Wilde. Le Premier ministre de Sa Majesté, l'homme le plus puissant de la planète, qui gouverne un quart des terres émergées et fait la loi sur toutes les mers, va-t-il tomber pour une amitié un peu trop tendre ? Va-t-il incarner la maxime de l'écrivain : « Un baiser peut ruiner une vie humaine[1] » ? Pas du tout. Il laisse le jury instruire tranquillement le procès Queensberry et Queensberry enquêter en vue du procès de Wilde. Les deux ennemis mortels se détruisent mutuellement et Rosebery connaîtra le sort heureux du troisième larron.

Certes, l'avocat d'Oscar Wilde, sir Edward Clarke, par ailleurs député conservateur de Ply-

1. O. Wilde, *Une femme sans importance.*

mouth, peut tenter d'impliquer un si puissant personnage pour lui faire partager le fardeau qui pèse sur son client et, peut-être, obtenir une relaxe générale. Mais un tel procédé est contraire à l'éthique personnelle de ce défenseur d'une grande rigueur morale. Il serait d'ailleurs risqué car, par sa police, le Premier ministre peut avoir connaissance de nombreux « actes immoraux » de l'écrivain qui viendraient encore alourdir son dossier. Wilde, lui-même, avait-il voulu faire « tomber » Rosebery au risque de ramener au pouvoir le parti conservateur adversaire de l'autonomie irlandaise, et d'apparaître ainsi comme un traître à son peuple ?

Le comte de Rosebery ne sera donc pas officiellement inquiété. Comme Jacques Ier d'Angleterre avec le duc de Buckingham ou Henri III de France avec l'amiral de Joyeuse, il aura eu son « mignon ». Rosebery tombera, victime apparemment de sa politique étrangère : le 28 juin 1895, il sera mis en minorité par la Chambre des communes sur un problème de crédits militaires et ne reviendra plus jamais au gouvernement. Mais cette chute intervenant un mois après la condamnation d'Oscar Wilde, il n'est pas impossible que la sévérité des députés anglais ait été influencée par de tout autres considérations que le blindage des croiseurs ou la solde des mariniers.

En tout cas, le procès Wilde l'aura grandement

affaibli. À peine l'écrivain entame-t-il son marathon pénal que, le 2 mars, le Premier ministre se dit grippé. Puis il souffre de crises prolongées d'insomnie au point que, d'après le quotidien *Herald*, « on doute que, dans les circonstances les plus favorables, son état nerveux lui permette de reprendre prochainement la direction des affaires publiques ».

Pendant que Queensberry et Oscar Wilde livrent leur duel judiciaire, la démission de Rosebery est pronostiquée par les rédactions londoniennes. Sur le conseil de ses médecins, il doit partir se reposer sur la Côte d'Azur, mais il annule, au dernier moment, sa réservation d'hôtel. Fin avril, le périodique médical *The Lancet* affirme que le Premier ministre est « complètement rétabli » mais, début mai, celui-ci est victime d'une crise d'amnésie lors d'un discours prononcé devant le National Liberal Club. Dans les milieux médicaux, on estime que « le système nerveux de lord Rosebery est complètement abîmé » et qu'« il ne vaut pas la peine de risquer sa vie pour rester Premier ministre quelques mois de plus ». Et pour abréger son séjour à Downing Street, son vieil ennemi Labouchère, l'auteur de la législation antihomosexuelle, se démène dans les colonnes de *Truth* comme à son banc des Communes : il interpelle Rosebery sur sa politique méditerranéenne et sur les crédits navals. Bien que libéral, Labouchère fait le jeu du parti adverse, puisque la chute du gouvernement est suivie d'une dissolution de la Chambre et les élections générales ramènent les conservateurs au pouvoir.

Rosebery aura, néanmoins, une consolation. Le lendemain de sa démission, son cheval, Sir Visto, gagne le Derby d'Epsom.

VI

Une cascade de procès

Lorsque, le 2 mars 1895, Oscar Wilde poursuit en diffamation le marquis de Queensberry[1], les frères Lumière sont en train de tourner *L'Arroseur arrosé*. C'est exactement l'histoire de l'infortuné poète qui subira les aléas d'une loi boomerang, la loi sur la diffamation ou *Libel Act* de 1843.

Ce texte, élaboré par une majorité conservatrice, se présente habilement comme une œuvre de liberté : l'auteur d'une attaque jugée diffamatoire a le droit de démontrer ses affirmations pourvu qu'il puisse prouver que son « libelle » a été rédigé ou prononcé dans l'intérêt public. On ne peut condamner des propos injurieux dès lors qu'ils sont jugés « utiles » à la société. Le bouillant Queensberry va donc établir que l'accusation de « somdomite » n'est pas diffamatoire

1. Voir en annexe, p. 160, la chronologie des procès d'Oscar Wilde.

puisque les faits sont avérés et que sa dénonciation d'actes contraires aux lois sur les mœurs rend service au pays. Le *Libel Act*, apparemment favorable à la liberté d'opinion, permet à l'irascible marquis de renverser la situation à son avantage et de se transformer en procureur depuis son banc d'accusé.

Il y est puissamment aidé par ses défenseurs qui comptent parmi les meilleurs juristes d'Angleterre. Son avoué, George Lewis, vient de faire l'objet d'un article flatteur dans le magazine illustré *The Strand*, et il est considéré comme le *solicitor* le plus efficace et le plus influent du royaume. Oscar Wilde, qui le connaît fort bien, a commis l'erreur de ne pas recourir à ses services et il s'en repentira bientôt. Toutefois, par amitié pour Wilde, Lewis se retirera du procès dès que Queensberry aura été disculpé. Il sera remplacé par Charles Russell qui va connaître une bien curieuse mésaventure : au moment où l'homme de loi s'en prend aux mœurs d'Oscar Wilde, son épouse lui intente un procès (qu'elle perdra) pour homosexualité et prend pour défenseur... l'avocat du poète. Mais le mari humilié se montrera particulièrement vindicatif à l'égard de Wilde.

En plus de ces deux avoués (qui déposent des conclusions écrites), Queensberry dispose d'un redoutable avocat-plaidant, sir Edward Carson, un ancien camarade de collège d'Oscar Wilde, dont il connaît bien tous les petits côtés et, notamment, la coquetterie sur l'âge. À l'inverse, l'avocat de l'écrivain, sir Edward Clarke, ignore presque tout de son client et croira longtemps que ses relations avec les garçons étaient purement platoniques. Lorsque le procureur évoquera des « taches suspectes » sur le lit que partageait Wilde avec ses amants dans un hôtel de passe, le naïf défenseur pensera à des taches d'encre[1]... Il est juste de préciser que cet avocat-député, excellent juriste et homme intègre (un peu trop droit pour une affaire aussi tordue), a plaidé gratuitement et a résisté aux pressions de ses électeurs de Plymouth qui lui demandaient d'abandonner cette cause scandaleuse.

Oscar Wilde doit encore compter avec des magistrats à l'équité fort variable. Lors du procès en diffamation contre Queensberry, le président, Henri Collins, futur lord Collins of Kensington, laisse le public applaudir bruyamment le marquis et envoie un message de félicitations à l'avocat de celui-ci. Devant la chambre d'accusation de Bow Street où l'écrivain est inculpé, avec

1. Cette question du procureur était lourde de sous-entendus. Si les taches suspectes faisaient penser à un acte de sodomie, Oscar Wilde tombait sous le coup de la loi sur les offenses contre les personnes qui prévoyait (elle ne sera abolie qu'en 1967) une peine de prison allant de dix ans jusqu'à la perpétuité. L'extrême prudence de l'avocat de l'écrivain durant tout le procès peut s'expliquer aussi par sa crainte de voir ce texte invoqué à l'encontre de son client.

Alfred Taylor, d'« actes grossièrement immoraux », le juge, sir John Bridge, dit « qu'il n'y a pas de crime plus infâme que celui dont ces hommes sont inculpés ».

Et devant la cour de l'Old Bailey, le procureur (*solicitor*) général de la reine, sir Frank Lockwood, attaque violemment l'accusé. Il est certes là dans son rôle de représentant du ministère public mais semble oublier tout ce que son honneur familial doit à Oscar Wilde : c'est en effet le neveu par alliance du procureur, Maurice Schwabe, qui a introduit Wilde dans la maison de rendez-vous où il a pu consommer les actes qui lui sont reprochés. Le poète a eu la délicatesse de n'en rien dire au procès mais l'oncle sévère ne lui en a pas été reconnaissant. Il n'a pas non plus su gré aux avocats de Wilde de taire le nom de Rosebery, chef d'un gouvernement que le procureur général a mission de défendre[1].

Le magistrat le plus équitable est, sans doute, le président Charles qui, lors du second procès à l'Old Bailey, fait preuve d'une remarquable objectivité et tient la balance égale entre la défense et l'accusation : il mérite bien le nom que

1. En Angleterre, le procureur général de la reine a un rôle très politique : durant le procès de Wilde, sir Frank intervenait aussi à la Chambre des communes pour défendre les décisions judiciaires contre les critiques des députés de l'opposition. L'avocat de Wilde, Edward Clarke, avait lui-même été procureur général sous le gouvernement conservateur.

les Anglais donnent au juge, Mr Justice. Mais Oscar Wilde est alors victime d'une disposition de la procédure pénale anglaise pourtant destinée à favoriser l'accusé. Celui-ci ne peut, en effet, être reconnu coupable qu'à l'unanimité du jury : si un seul juré penche pour l'innocence, il faut recommencer le procès[1]. Mais comme la peine est fixée par le juge seul, sans que le jury la discute[2], on ne sait jamais à l'avance si, dans la juridiction de renvoi, le nouveau juge sera plus ou moins indulgent que son prédécesseur.

Dans le cas d'Oscar Wilde, la sévérité est au rendez-vous. Le troisième procès devant l'Old Bailey est présidé par sir Alfred Wills qui déclare à l'écrivain : « Votre cause est la plus vile que j'aie jamais eu à juger. » Ce magistrat solennel, ancien président du Club alpin anglais, est un amateur d'alpinisme, très fier de son unique succès au Wetterhorn, dans l'Oberland bernois, au point de lui consacrer tout un livre. Appréciant la compagnie virile des guides « vifs et musculeux » d'une « indéfinissable sauvagerie », sir Alfred n'apprécie guère le milieu efféminé dans

1. Cette procédure de renvoi n'est pas automatique car le procureur peut, à tout moment, abandonner les poursuites. Dans l'affaire Oscar Wilde, une partie de l'opinion bien-pensante souhaitait, paradoxalement, cet abandon pour éviter un déballage de « grossièretés » au procès.

2. En France aussi, jusqu'en 1932, les jurés n'étaient pas associés à la fixation de la peine.

lequel évolue Oscar Wilde tout comme son coïnculpé, Alfred Taylor, qui reçoit ses « clients » en travesti. Il condamnera donc les deux hommes à la peine maximale prévue par la loi de 1885, soit deux ans de prison avec travaux forcés, tout en affirmant que cet arrêt est encore « trop indulgent ». Peut-être le juge pensait-il à d'éventuels actes de sodomie qui, s'ils avaient été retenus à charge et prouvés, auraient pu valoir aux condamnés des peines encore plus lourdes.

Toute l'institution judiciaire semble liguée contre Oscar Wilde, parfois à cause des préjugés de ses membres, plus souvent par les mécanismes de son fonctionnement. Oscar Wilde a eu confiance dans la justice britannique parce que, un demi-siècle plus tôt, sa mère avait réussi à faire libérer un leader nationaliste irlandais, Gavan Duffy, en s'accusant elle-même, sans pour cela être condamnée à la moindre peine. Il s'agissait, en fait, d'un verdict de clémence à forte connotation politique : les jurys irlandais condamnaient rarement des patriotes. Mais le fils de lady Wilde est persuadé qu'il peut rallier à sa cause, même au cœur de Londres, un groupe d'honnêtes citoyens et s'attacher la confiance des jurés comme les faveurs du public.

Il est pourtant difficile de se concilier les deux. Quand l'avocat de Queensberry lui reproche un texte où il écrit avoir « adoré à la folie » un jeune et bel homme, Wilde lui répond : « Je n'ai jamais témoigné d'adoration à personne qu'à moi-même. » Aussitôt, le public se trémousse mais le jury se hérisse devant un accusé si dépourvu de modestie. De plus, celui-ci affirme : « Je crois rarement que ce que j'écris est vrai », alors qu'il parle dans une enceinte où l'on jure de dire la vérité. Et, progressivement, la salle prend en grippe un auteur naguère adulé, comme si elle lui reprochait de confondre le réel et le roman et de défendre avec une tranquille insolence son droit à la fiction.

L'art de mentir n'est pas le même sur la scène d'un théâtre qu'à la barre d'un tribunal. Ici se place l'un des plus célèbres épisodes de l'histoire judiciaire britannique. Quand le poète veut rendre plus convenable sa liaison avec Alfred Douglas en se rajeunissant de deux ans[1] et en vieillissant de dix ans son amant, Edward Carson, son camarade d'enfance, lui oppose les dures réalités de l'état civil. Dès lors, pris en flagrant délit de dissimulation, Oscar Wilde perd instantanément sa crédibilité et ne retrouvera sa poignante sincérité que dans ses œuvres de prison, le *De Profundis* et la *Ballade de la geôle de Reading*.

Entre-temps, l'écrivain subit une cascade de

1. Curieusement, dans ses premières éditions, le *Petit Robert* reprenait cette légende d'un Oscar Wilde né en 1856 et non en 1854.

procédures, ballotté d'avoués en avocats et de juges en procureurs. Pour une simple affaire de gros mots, il a mis en marche la machine judiciaire, alors que des milliers de mauvais conducteurs se font chaque jour traiter de « somdomites », en des termes moins choisis, sans pour autant saisir un tribunal. Quand Oscar Wilde se rend compte de son erreur, il est trop tard et c'est du fond de sa cellule qu'il écrira : « Tout procès est celui de notre vie entière. »

Un tel acharnement judiciaire s'explique par des considérations à la fois juridiques et politiques. L'indépendance de la magistrature ne peut être totale en matière pénale dans la mesure où la justice a besoin de la police pour arrêter les prévenus. En l'occurrence, le chef de la police est Herbert Asquith, ministre de l'Intérieur dans le gouvernement Rosebery et futur Premier ministre libéral. Oscar Wilde avait plusieurs fois rencontré celui qui allait le mettre en prison. Hélas, au cours de ces dîners mondains, il avait fait de l'humour aux dépens du politicien qui, le moment venu, n'aura plus d'états d'âme pour demander qu'on passe les menottes à son ancienne relation.

Certes, en prêtant le concours de la force publique à l'exécution d'une décision de justice, Asquith applique la loi[1]. Mais il se montre moins zélé à propos de membres de l'esta-

1. Il l'applique même avec une relative clémence en donnant à Wilde quelques heures de délai pour qu'il puisse s'enfuir en

blishment dont policiers et magistrats savent pertinemment qu'ils se livrent aux mêmes « actes grossièrement immoraux » qu'Oscar Wilde. Le cas le plus flagrant est celui de l'amant si voyant du poète, Alfred Douglas, qui ne sera inquiété ni par la police ni par la justice, alors qu'il fréquente les mêmes lieux de plaisir que son « scandaleux » compagnon et partage les mêmes amants, aux yeux de tous, dans les chambres du Savoy Hotel.

Le tribunal s'acharne sur le seul Oscar Wilde dont les manières provocantes font un bouc émissaire idéal et dont l'ironie à l'égard de la classe dirigeante mérite quelques représailles, surtout quand elle menace les fondements de l'ordre social et des hiérarchies reconnues. L'écrivain est longuement interrogé sur *Le Portrait de Dorian Gray* que l'avocat de Queensberry considère comme un roman « pervertisseur ». Mais, surtout, *Dorian Gray* ressemble étrangement à *Vivian Grey*, ouvrage de jeunesse de Disraeli, l'ancien Premier ministre : les deux livres sont habités du même cynisme de l'ambition et du même mépris des conventions qui obligèrent l'homme d'État à renier son œuvre pour pouvoir accéder aux plus hautes fonctions.

France avant que les policiers ne viennent l'arrêter. Deux autres clients de Taylor mettront à profit ce délai pour gagner le continent. Leur présence sur le banc des accusés aurait pu briser l'isolement de Wilde.

Wilde admire d'ailleurs beaucoup les discours et le parcours de ce chef d'empire redouté de tous les ennemis de l'Angleterre mais adoré de la reine Victoria et qui avait été, selon la formule d'André Maurois, un « écrivain un peu efféminé », passant sans transition de la prose à scandale aux honneurs officiels. L'amant d'Alfred Douglas, qui se montre dans les plus grands salons et descend dans les meilleurs hôtels, aspire aussi à une certaine forme de respectabilité malgré sa réputation sulfureuse. Il lui faut donc persuader le tribunal que tout artiste est un personnage singulier, un inoffensif original et non un dangereux prosélyte, prêchant la révolution des mœurs et le renversement des élites. Oscar Wilde veut faire croire à la légitimité de l'anticonformisme en déclarant à la cour qu'« une vérité cesse d'être vraie quand plus d'une personne y croit ».

Hélas pour le poète, les jurés s'accordent à croire des accusations convergentes. Car si Wilde bénéficie du mutisme de son coïnculpé, il souffre du témoignage de ses anciens compagnons de plaisir, beaucoup plus bavards, les garçons de la rue du Petit-Collège.

VII

Rue du Petit-Collège

Lors des deuxième et troisième procès à l'Old Bailey, où il n'est plus le plaignant mais l'accusé, Oscar Wilde souffre de l'absence d'Alfred Douglas qu'il n'a pas le cœur d'accuser et que la cour refuse de mettre en cause. Car le jeune lord écossais n'est pas inquiété, lui qui avait tant contribué aux embarras de l'écrivain en le persuadant d'entreprendre des poursuites judiciaires contre son père. Prudemment, il va se réfugier quelques jours en France, prenant gîte et couvert dans un hôtel de Rouen en compagnie de deux autres amis du poète qui avaient participé aux mêmes ébats. Plusieurs dizaines de gentlemen de la haute société traversent également le Channel, craignant d'avoir à répondre de leurs amours masculines devant une cour britannique[1].

1. Oscar Wilde a refusé de prendre la fuite, préférant répondre de ses actes devant une cour britannique. Il savait aussi que la fuite signifiait la ruine et, presque certainement, la déchéance de ses droits paternels, sanction qu'il redoutait plus que toute autre.

Peu avant le verdict final, le chef du jury s'émeut de l'iniquité de la justice, demande si l'on a « décerné » un mandat d'arrêt contre lord Alfred Douglas et affirme que les preuves de culpabilité, provenant de la correspondance amoureuse entre Oscar et Alfred devront être utilisées également contre les deux hommes. Hypocritement, le président Wills répond que des « milliers de raisons peuvent empêcher » le jeune aristocrate de se présenter à la barre. Pour le magistrat, « supposer que lord Alfred Douglas sera épargné à cause de sa qualité est une injure des plus grossières à l'adresse de la justice ». Toujours est-il qu'aucun « gentleman » ne sera accusé dans cette affaire ni même entendu comme témoin.

Alfred Taylor, le coïnculpé d'Oscar Wilde, a pourtant fait partie de la « bonne société » et a été éduqué au très chic collège de Marlborough. Mais il a vite dilapidé la fortune de quarante-cinq mille livres héritée de son père, fabricant de chocolat, avant d'ouvrir une maison de rendez-vous pour hommes, 13, rue du Petit-Collège (Little College Street). Son lieu de plaisir, fréquenté par Oscar Wilde, est découvert par l'un des enquêteurs de Queensberry qui répond au curieux patronyme de « Petit Enfant » (Littlechild). Celui-ci a été mis sur la piste par un certain Charles Brookfield, un acteur-auteur jaloux des succès d'Oscar Wilde, qui introduit le détective auprès d'une prostituée, elle-même jalouse de Taylor et de la concurrence de sa maison de passe. Ce n'est d'ailleurs pas la dernière fois que se manifestera la rivalité entre les deux prostitutions : lorsque Taylor et Wilde seront condamnés, les dames de petite vertu applaudiront les magistrats en perruque.

Mais quoi qu'on pense de ses activités, Alfred Taylor se montre un coïnculpé d'un courage et d'une loyauté exemplaires. Lui qui connaît tous les secrets d'Oscar Wilde n'en dévoile aucun et refuse au ministère public une collaboration qui pourrait lui valoir l'indulgence du procureur. Il est donc condamné à deux ans de travaux forcés au terme desquels il s'exilera pour mener une vie modeste d'employé d'hôtel au Canada. Devant une telle abnégation, qui contraste avec la lâcheté de tant de proches d'Oscar Wilde, on ne peut s'empêcher de songer à l'avertissement de Jésus aux pharisiens : « Les prostitué(e)s vous précèdent dans le royaume des Cieux. »

Mais si Oscar Wilde bénéficie du silence de son coïnculpé, il doit affronter les bavardages des maîtres chanteurs, les frères Charles et William Parker, ainsi que Fred Atkins et Alfred Wood, ces derniers âgés de dix-sept ans seulement lors de leur première rencontre avec l'écrivain. Le chantage aux homosexuels est alors, dans toute l'Europe, en pleine expansion : il prospère autour de ce que la médecine légale appelle la « prostitution antiphysique ». Même dans les pays, comme la France, où l'homosexualité n'est pas un délit, la peur du scandale pousse les victimes à céder aux maîtres chanteurs dont la technique est raffinée : pour surprendre à coup sûr des ébats, ils appâtent leur victime avec des jeunes complices nommés, en raison de leur fausse innocence, des « petits Jésus ». Cette stratégie est généralement couronnée de succès car les victimes portent rarement plainte. Fréquentant les éléments supérieurs de l'édifice social, les maîtres chanteurs forment l'un des plus efficaces corps de métier à qui l'on verse son dû pour sauvegarder les façades.

L'Angleterre, où le risque n'est pas seulement social mais légal, est le paradis des maîtres chanteurs auxquels la loi de 1885 offre de nouvelles opportunités. Puisque les rapports sexuels entre hommes sont punissables même lorsqu'ils sont commis en privé, le domicile devient un lieu suspect pour la police et des domestiques sans scrupule font profession d'indicateurs. Alfred Douglas l'apprendra à ses dépens lorsqu'il donnera un vieux costume à Alfred Wood, son employé de maison, qui trouvera dans une poche une lettre d'amour d'Oscar Wilde. Celui-ci paiera trente-cinq livres l'imprudente missive sans pouvoir cependant empêcher Wood de témoigner à charge durant son procès.

L'écrivain se dit fasciné par ces jeunes gens qui « mènent une guerre infâme à la vie » et il prend plaisir à « festoyer parmi de jeunes panthères » dont les proies sont les membres de l'establishment victorien, ceux-là mêmes qui sont les cibles favorites de ses comédies. Quatre mois avant son procès, Wilde a écrit : « La pègre est si proche de nous que les poètes seuls peuvent la comprendre[1]. » Ils peuvent aussi la subir quand ils la côtoient de trop près avec beaucoup de candeur.

« La société pardonne souvent au criminel. Elle ne pardonne jamais au rêveur[2] », disait Oscar Wilde qui va bientôt éprouver la justesse de ses propos. Ses maîtres chanteurs ne sont pas inculpés par la justice qui, s'en servant comme témoins à charge, ne peut les mettre dans le box des accusés. Par contre, l'écrivain se fait piéger en multipliant les « rêveries » et fautes d'inattention comme s'il lui fallait laisser un peu partout des preuves de ses rencontres. Tantôt Wilde gratifie ses amants d'étuis à cigarettes en argent, facilement reconnaissables, tantôt, dans un grand hôtel, il se met au lit avec un homme et sonne le garçon d'étage.

1. O. Wilde, *Quelques maximes pour l'instruction des gens trop cultivés.*
2. O. Wilde, *Le Critique en tant qu'artiste.*

Tous les amants d'Oscar Wilde ne sont pourtant pas des maîtres chanteurs et beaucoup sont même de pacifiques jeunes gens qui ne souhaitent surtout pas que la justice interrompe les activités d'un aussi généreux compagnon. Ces garçons ont des professions modestes mais honnêtes : ils sont commis chez un éditeur-libraire (Edward Shelley), vendeur de journaux (Alphonse Conway) ou employé de maison (Walter Grainger). Ils ne sont d'ailleurs pas forcément dépourvus de sens moral et l'un d'entre eux, Sidney Mavor, deviendra prêtre de l'Église d'Angleterre.

Mais la cour de l'Old Bailey reproche à Oscar Wilde la jeunesse de ses compagnons. Il se justifie en défendant une affection qui « naît fatalement entre un homme et un autre plus jeune que lui, toutes les fois que l'aîné est doué d'intelligence et que le cadet a devant lui toutes les joies, les espérances et les illusions de la vie. Que cela soit un fait, la société ne le conçoit pas. Elle bafoue ce sentiment, et parfois cloue au pilori celui qui l'affiche[1] ». Et, de fait, le public du tribunal, composé essentiellement de personnes d'âge mûr, n'apprécie pas trop cette apologie de l'adolescence, surtout quand Wilde précise qu'il « n'aime pas les gens rassis ».

Les magistrats ne sont guère plus enthou-

1. Audience du 30 avril 1895.

siastes à l'égard d'un poète qui se plaint des « vieux jaloux, si tant est que les vieux soient capables d'une émotion quelconque[1] ». Il est douteux que ce genre de maxime fasse plaisir à une cour dont la moyenne d'âge frôle les soixante ans, surtout quand Oscar Wilde choisit ses jeunes relations parmi les victimes précoces des « illusions de la vie » : l'un fut chercheur d'or infructueux en Australie, l'autre est un chanteur sans succès. Leur ami Oscar flatte leur fierté déçue en les traitant somptueusement avec force champagne et whisky-soda. Au tribunal qui s'inquiète de cette abondance d'alcool, l'accusé répond : « Je n'ai pas l'habitude de rationner mes invités. » Guère convaincu, le juge ne rationnera pas sa punition.

La cour s'inquiète encore davantage de l'écart social et intellectuel entre Oscar Wilde et ses amis comme en témoigne ce dialogue entre le procureur et l'écrivain : « Vous, un homme de lettres, en plein succès, vous recherchiez l'adulation de ces ignorants ? — L'encens, d'où qu'il vienne, me caresse délicieusement. » Le représentant de la reine ne cache pas son mépris pour « l'admiration de ces individus-là » et « des gens de cette espèce ». L'écrivain a cette réponse tout aussi hautaine : « J'aime à être encensé par mes inférieurs. »

1. O. Wilde, *Le Portrait de Dorian Gray*.

Le procureur et l'accusé rivalisent de dédain pour les masses laborieuses. Le premier reproche au second de se compromettre avec un cocher ou un palefrenier, « jeunes gens illettrés », « de basse condition ». Mais Oscar Wilde réfute aussi les témoignages des employés d'hôtel, ces « dires de domestiques » et ces « ragots d'office ». Il affirme ne reconnaître « aucune distinction sociale » tout en multipliant les humiliations à l'égard des représentants des petits métiers, disant à propos d'un domestique : « Servir était son devoir, dîner était mon plaisir. »

Oscar Wilde recherche la popularité mais n'aime guère les milieux populaires qu'il appelle « classes criminelles » lorsqu'elles se reposent sur les plages. Ses amis partagent les mêmes préjugés et s'en prennent à la « valetaille du Savoy Hotel ». L'un d'entre eux ajoute même : « La loi romaine, avec raison, n'admettait pas le témoignage des esclaves. »

D'un point de vue juridique, une telle opinion se défend : les esclaves sont placés sous la dépendance de leurs maîtres tout comme les domestiques du procès de Wilde se trouvent sous l'influence de leur employeur, voire du procureur s'ils ont eu depuis longtemps connaissance d'« actes immoraux » non dénoncés. Le masseur italien de l'écrivain au Savoy est bien obligé, s'il ne veut pas perdre sa place, de reconnaître qu'il a vu un garçon dans le lit de son client.

Mais, d'un point de vue philosophique, on peut soutenir, avec Hegel, que le valet est plus libre que son maître. Lorsque Oscar Wilde dit que le domestique Walter Grainger est « laid à faire peur » et ressemble à un « paillasson », son mépris fait de lui le prisonnier de préjugés sociaux et provoque, d'ailleurs, des mouvements de protestation dans le public qui ne reconnaît plus son auteur favori devenu si méprisant. L'écrivain semble renier les jeunes gens modestes qui composaient sa cour d'admirateurs. Il en rencontrera bien d'autres parmi ses compagnons de détention et se dépouillera, alors, de tout sentiment de supériorité, démontrant ainsi qu'« il n'y a d'égalité que dans la douleur[1] ».

1. O. Wilde, *L'Enfant de l'étoile.*

VIII

Une famille punie

Après la condamnation d'Oscar Wilde, des pétitions circulent en sa faveur, à Londres comme à Paris, mais ne rencontrent qu'un faible succès. L'écrivain, qui avait si souvent disserté sur l'amitié et sur « les devoirs d'un ami dévoué[1] », se trouve bien seul au moment de l'épreuve et ne bénéficie guère du soutien des milieux artistiques et littéraires.

Un premier texte émane d'un poète américain vivant en France, Stuart Merrill. Faute d'un nombre de signataires suffisant, cette supplique ne sera jamais envoyée à la reine Victoria. Une deuxième lettre, rédigée par un ami d'Oscar Wilde, More Adey, connaît le même sort. Il ne s'agit pourtant là que de démarches humanitaires, se gardant bien de critiquer le jugement du tribunal et implorant la pitié de « Sa très excellente Majesté la Reine ».

1. O. Wilde, *L'Ami dévoué*.

Ces pétitions ne constituent nullement une défense des amours d'Oscar Wilde et ne circulent pas spécifiquement dans les milieux homosexuels parisiens ou londoniens, trop désireux de préserver leur discrétion pour intervenir dans une affaire aussi voyante. Elles sont soumises à des écrivains et artistes de sensibilités très diverses[1] et représentent une manifestation de solidarité des « intellectuels », une catégorie sociale qui est en train de se constituer et dont le premier grand combat sera l'affaire Dreyfus.

Mais autant celle-ci peut fédérer les adversaires de la raison d'État les plus divers, du catholique Péguy au socialiste Jaurès, autant l'affaire Wilde n'arrive pas à susciter un puissant mouvement de protestation. Chacun peut reconnaître une part de lui-même dans l'histoire d'un officier subalterne injustement accusé, mais il est difficile, pour beaucoup d'intellectuels, de s'identifier à un homme qui est, jusque dans l'outrance, le témoin flamboyant d'une sexualité minoritaire. Il semble également malvenu de se mobiliser pour un dandy qui affecte, en toutes choses, l'indifférence et le désengagement, considérant que « ne rien faire est la chose la plus dif-

1. En France, Maurice Barrès, Paul Bourget, François Coppée, Alphonse Daudet, Anatole France, les frères Goncourt, Stéphane Mallarmé, Sully Prudhomme, Émile Zola, etc.

ficile du monde, la plus difficile et la plus intellectuelle[1] ».

En France, la défection la plus spectaculaire est celle d'Émile Zola. Trois ans avant de s'engager aux côtés d'Alfred Dreyfus, Zola refuse de défendre Oscar Wilde et, politiquement, cette dérobade se révélera fondée : l'ancien détenu de Reading, réfugié à Paris, nourrira un intérêt bien curieux pour le véritable auteur des fuites imputées à Dreyfus, le commandant Esterhazy. Wilde, tout à ses paradoxes, dit qu'« on a toujours tort d'être innocent », alors que Zola n'a de sympathie que pour les victimes d'erreurs judiciaires ou d'injustices sociales dont il démonte le « mécanisme des faits ».

Et les faits plaident contre Wilde, surtout aux yeux d'un moraliste comme Zola qui mène une vie bien rangée en compagnie de sa maîtresse de longue date. L'auteur de *Nana*, champion du naturalisme, n'a guère de sympathie pour des amours alors appelées « contre nature » et parfois associées, par la pensée progressiste, à une bourgeoisie décadente ou à un clergé dépravé. Président de la Société des gens de lettres et vingt-quatre fois candidat à l'Académie française, le romancier tient aussi à sa réputation[2].

1. O. Wilde, *Le Portrait de Dorian Gray*.
2. Le seul fait d'avoir connu Oscar Wilde passe alors pour une tare. L'écrivain Catulle Mendès provoque en duel un chroniqueur du *Figaro* qui l'a présenté comme un « familier » du condamné.

Les mêmes arguments expliquent le faible succès rencontré, en Grande-Bretagne, par les campagnes en faveur du forçat C.3.3. — le matricule d'Oscar Wilde. Celui-ci ne peut espérer le moindre soutien de la part de l'establishment. Les gestes concrets de sympathie viennent donc d'opposants à la société victorienne, comme le pasteur Stewart Headlam, un membre de la Société fabienne[1] : celui-ci paye la caution qui permet une mise en liberté provisoire de l'écrivain, durant son procès.

Mais la gauche anglaise ne peut ni ne veut se mobiliser davantage. Pressenti pour prendre la tête d'un mouvement d'opinion, Bernard Shaw, alors le plus illustre représentant britannique de l'art engagé, se montre réservé : il affirme que sa double qualité d'Irlandais et de socialiste nuira à la cause d'Oscar Wilde. Celui-ci professe d'ailleurs un détachement libertin fort éloigné de la morale militante de Shaw qui affirme : « Je ne refuserai jamais, pour passer une soirée galante, une occasion de haranguer un auditoire sur le socialisme. » On est bien loin de l'hédonisme d'Oscar : « Le plaisir est la seule chose pour laquelle on devrait vivre[2]. » Et Shaw, qui a écrit une pièce de théâtre *(La Profession de Mrs War-*

1. Mouvement socialiste anglais, fondé en 1883, et qui sera à l'origine de la création du parti travailliste.
2. O. Wilde, *Phrases et philosophies à l'usage de la jeunesse.*

ren) pour dénoncer la prostitution, n'approuve guère les commerces galants de la bande du Petit-Collège[1].

En bon théoricien de la solidarité, Bernard Shaw, rédacteur du manifeste des fabiens et cofondateur du parti travailliste, estime qu'Oscar Wilde manque complètement de « ce groupe fortifiant d'amis recrutés parmi les gens simples auxquels un homme doit se mêler en toute simplicité... C'est une sorte de folie qui ne dure pas toujours chez un homme du talent de Wilde, mais elle dura assez longtemps pour empêcher Oscar d'établir de solides fondations sociales ».

Avec les aventures amoureuses de Wilde et la fraternité militante de Shaw, s'opposent deux conceptions de l'existence, et le mondain Oscar n'a jamais trop cru dans les vertus de l'action collective : « Le socialisme aura une valeur simplement parce qu'il mènera à l'individualisme... Le nouvel individualisme est le nouvel hellénisme[2]. »

Il est certes douteux que l'« amitié antique » soit une camaraderie prolétarienne, mais, dans son désir de renverser la morale établie, Oscar Wilde retrouve un des objectifs premiers du

1. Bernard Shaw essaiera pourtant, courageusement, de trouver quelques appuis en faveur d'Oscar Wilde. Puis il restera, jusqu'à sa mort, en correspondance avec Alfred Douglas.
2. O. Wilde, *L'Âme de l'homme sous le socialisme*.

Manifeste du Parti communiste : la suppression du mariage bourgeois et de sa « prostitution légale ». Pour l'auteur du *Mari idéal*, « le socialisme supprime la vie de famille. Avec la propriété privée, le mariage dans sa forme présente doit disparaître[1] ».

Cette morale libertaire n'est pas forcément du goût de la gauche anglaise, marquée par le puritanisme de la république de Cromwell. Par contre, la gauche est sensible à la détresse du condamné au *hard labour*. Les travaillistes n'ignorent rien des travaux forcés et du caractère inhumain du régime pénal auquel est soumis Oscar Wilde. Ce régime est fixé par un grand nombre de textes, souvent disparates, rédigés entre 1778 et 1865. Le dernier d'entre eux, le *Prison Act* de 1865, a pour objectifs, selon l'un de ses auteurs : « les travaux forcés, la mauvaise nourriture et un lit dur[2] ».

Dans les geôles successives de Pentonville, Wandsworth et Reading, Oscar Wilde doit endurer la solitude et travailler jusqu'à l'épuisement, déplacer des pierres dans une cour ou faire tourner un moulin comme une bête de somme dans sa noria. Le pain a autant de cailloux que de farine et le lit n'est qu'une planche de bois. Par ces tourments, la société pense amender les

1. *Ibid.*
2. Voir l'annexe 4.

criminels. Plus sceptique de nature, l'écrivain déclarait, quelques mois avant son incarcération : « À quoi bon essayer de réformer quelqu'un, les hommes ne se repentent jamais. »

Le matricule C.3.3. craint alors de perdre la raison et la santé. Il souffre de l'isolement et sa faiblesse le fait tomber d'inanition : cette chute lui occasionne une blessure à l'oreille qui ne guérira jamais. Wilde écrit donc une supplique au ministre de l'Intérieur, Matthieu Ridley, pour demander une libération anticipée. Il explique que « ses fautes sont des symptômes de folie sexuelle » et qu'il a souffert « de la plus horrible forme d'érotomanie ». Cette « monstrueuse perversion sexuelle » fit de lui « la proie sans défense des passions les plus révoltantes d'une bande d'individus qui l'y attachèrent pour leur intérêt personnel et l'entraînèrent ainsi dans une ignoble déchéance ».

Mais la demande est rejetée et l'écrivain, très affaibli, doit accomplir la totalité de sa peine. Heureusement, sur intervention d'un membre d'une commission d'enquête sur les prisons et malgré l'interdiction du *Prison Act*, Wilde est autorisé à recevoir des livres. Puis, à Reading, un nouveau directeur, plus humain que le précédent, le major Nelson, lui laisse une plume et du papier, à la grande satisfaction du poète : « Il n'y a rien dont je suis plus reconnaissant que de la permission d'écrire tout mon content. »

Une fois libéré, le 19 mai 1897, Oscar n'oublie pas ses anciens compagnons de geôle et se montre un ami fidèle, envoyant des secours financiers à plusieurs détenus et des lettres de soutien au surveillant Martin, révoqué pour avoir donné des biscuits à un petit garçon. Puis Wilde adresse une longue missive au directeur du *Daily Chronicle* pour dénoncer la terrible condition des enfants prisonniers.

L'année suivante, le *Prison Act* de 1898 améliorera sensiblement le sort des détenus. Ce texte, voté par un Parlement conservateur et présenté par Matthieu Ridley, est élaboré sur les recommandations d'une commission présidée par Herbert Gladstone, le fils de l'ancien Premier ministre libéral. Il est le fruit du travail de lobbying effectué par un ecclésiastique au grand cœur, le révérend Morrisson. Mais il doit aussi beaucoup à Oscar Wilde dont la détention inhumaine a ému une classe politique qui, jusqu'alors, ne se souciait guère de la vie que l'on mène dans les prisons de Sa Majesté.

À peine sorti de prison, C.3.3. comprend que le détenu n'a jamais fini d'expier sa faute : « Lorsqu'il est libéré, il s'aperçoit qu'il a encore à souffrir. Son châtiment, au point de vue intellectuel et physique, dure encore comme il dure socialement ; la dette n'est pas encore payée ; on ne vous délivre pas de quittance pour le passé lorsqu'on sort et qu'on respire l'air pur et divin. »

À cette punition à vie, s'ajoutent des malheurs qui frappent les proches du condamné. Car la détention d'Oscar Wilde montre les limites du principe de l'individualité des peines : la prison est censée ne châtier que le coupable alors qu'elle atteint toute la famille. Dès l'incarcération de l'écrivain, le sort s'acharne sur ses proches.

La première frappée est lady Wilde. La mère de l'écrivain, septuagénaire il est vrai, dépérit peu à peu depuis le procès de son fils, se mure dans son chagrin et meurt le 3 février 1896. Le second coup du destin est une chute de Constance, sa digne épouse : toute chamboulée par le procès, elle fait un faux pas dans son escalier. Souffrant d'un écrasement de la moelle épinière, Mrs Wilde, progressivement paralysée, tente l'opération de la dernière chance, qui échoue, et meurt en Italie, le 7 avril 1898. Par son faux pas, mot qui en latin se dit péché (*peccatum*), Constance Wilde entre, elle aussi, dans la ronde des victimes.

Le troisième à être frappé est le fils cadet de l'écrivain, Vyvyan. Peu après la mort de son père, il récite un de ses poèmes à des cousins qu'on lui interdit de revoir de peur qu'il ne les contamine avec ses vers maudits. Furieux, l'adolescent, âgé de quatorze ans, fait une fugue dans la campagne enneigée et s'affale par terre. Quand on le retrouve, il souffre de graves gelures et, en outre, doit être opéré d'une mastoïdite, infection auriculaire qui rappelle la détérioration de l'ouïe subie par Oscar en prison mais aussi le savoir-faire chirurgical du père de celui-ci, puisque le docteur William Wilde avait inauguré une opération du mastoïde appelée depuis « incision de Wilde ». Vyvyan inscrit dans sa chair le talent de son grand-père mais aussi la blessure de son père qui ne le tourmentera plus : il pourra vivre et raconter, avec une étonnante lucidité, l'histoire de sa famille[1].

Son frère aîné, Cyril, n'aura pas cette chance. Il passera sa courte vie à effacer, en lui, toute trace de son père honteux, allant jusqu'à multiplier les fautes d'orthographe, comme pour éviter la moindre ressemblance avec le « prince du langage » mis au ban de la société. Cyril s'en expliquera dans une lettre à Vyvyan : « Peu à peu, l'idée que je devais racheter ce qui avait été perdu m'obséda. En 1900, cela devint l'objet définitif de ma vie... Mon grand désir fut d'effacer cette souillure, de réhabiliter, si possible, par un acte personnel, un nom qui avait cessé d'être honoré dans le pays. Je devais convaincre qu'avant toute chose, il me fallait être *un*

1. Vyvyan Holland, *Fils d'Oscar Wilde*.

homme. Pas de clameurs d'artiste décadent, d'esthète efféminé, de dégénéré sans caractère. Pour cela, j'ai travaillé, j'ai peiné... Je ne demande rien de plus que de finir dans un combat honorable, pour mon roi et pour mon pays. »

Cyril sera exaucé : engagé volontaire sur le front de France, il est tué, le 9 mai 1915, par un tireur d'élite allemand, alors que son frère Vyvyan combat, à quelques kilomètres de là, en première ligne. Ainsi finit Cyril Wilde, victime de ce que son père nommait « le calendrier criminel de l'Europe », fait « de massacres sanglants et d'échauffourées barbares qu'on appelle l'histoire[1] ».

Aux multiples retentissements psychologiques de la condamnation d'Oscar Wilde s'ajoutent, pour l'écrivain et sa famille, des inconvénients matériels tout aussi redoutables. Les deux principaux sont la ruine et l'exil : la ruine puisque toutes les pièces de l'écrivain sont retirées de l'affiche et que tous ses livres disparaissent des librairies ; l'exil puisque, une fois sa peine accomplie, le « libéré » devra quitter l'Angleterre où sa femme et ses enfants seront également indésirables.

1. Extrait d'une conférence prononcée aux États-Unis.

Aucune de ces punitions n'est prévue par la loi ni prononcée par un jugement, mais toutes dérivent de la vindicte populaire qui poursuit le condamné et double la condamnation pénale d'une punition sociale. Les Grecs avaient inventé l'ostracisme, un bannissement prononcé par le vote des citoyens. Encore ne concernait-il que le seul ennemi public et non ses proches. Dans le cas d'Oscar Wilde, c'est toute sa famille qui, pour fuir la honte, doit prendre le chemin de l'étranger et abandonner son patronyme : l'écrivain s'appellera désormais Sebastian Melmoth[1] tandis que son épouse et ses enfants reprendront le nom de jeune fille de Constance, Holland.

Les Holland, mère et fils, cherchent abri en Suisse, pays alors bon marché, moins refuge de capitaux fugueurs qu'asile de réfugiés proscrits. Ils s'installent dans une pension, au-dessus de Montreux, et les enfants jouent devant le château fort où Byron écrivit *Le Prisonnier de Chillon*, cette ode à l'« éternel esprit de la pensée sans chaînes ».

Apprenant leur véritable identité, l'hôtelier leur demande de quitter les lieux et les voilà en quête d'un nouveau pays d'asile. La Suisse, qui a déjà reçu Bakounine et accueillera bientôt Lénine, préfère les dissidents aux déviants et la

1. Il mourra à Paris, dans une modeste pension, l'Hôtel d'Alsace, le 30 novembre 1900.

famille d'Oscar Wilde doit boucler ses valises. Son dernier havre sera la principauté de Monaco où elle apprend la mort du poète. Dans son collège de jésuites, Vyvyan doit informer ses petits camarades du décès d'un père dont il a toujours tu le nom et la profession. Et il leur donne cette explication, non dénuée d'intelligence : « Papa était un explorateur, disparu dans un naufrage. »

IX

L'ombre de Churchill

Durant les procès d'Oscar Wilde, le jeune Winston Churchill, âgé de vingt ans, ne se doute pas qu'il aura, lui aussi, à pâtir des malheurs du poète. Le futur Premier ministre vient de perdre le père qu'il admirait tant, lord Randolph Churchill, ancien chancelier de l'Échiquier, quelque peu tombé en disgrâce au sein du parti conservateur en raison de ses positions sociales avancées.

Winston se jure donc de « venger sa mémoire » en faisant une brillante carrière politique, mais ses médiocres études secondaires ne lui ouvrent les portes d'aucune université. Fort heureusement, il brille dans les exercices physiques et les jeux d'audace, fait un peu d'alpinisme au mont Rose avec son précepteur et manque de se noyer dans le lac Léman. Ce goût de l'aventure le pousse à présenter le concours de l'école militaire de Sandhurst. Il y est beaucoup moins brillant que Francis Douglas, feu le jeune frère de Queensberry, puisque le fils de lord Randolph n'est reçu qu'à sa troisième tentative et, de son propre aveu, « presque par charité » : le jury n'a pas osé refuser le rejeton d'une illustre famille, descendant du fameux duc de Marlborough.

Il s'agit là d'un coup de pouce historique, car sa brève carrière d'officier intrépide, dont il saura tirer le meilleur parti médiatique, sera, pour Churchill, un excellent tremplin vers une carrière politique. Et l'on ne peut s'empêcher de penser ici à un autre « piston », celui dont bénéficiera, à l'École de guerre, le capitaine Charles de Gaulle dont les notes seront remontées par le maréchal Pétain afin que son protégé puisse accéder aux postes élevés de l'état-major. Sans ces faveurs illicites, ces géants de la Seconde Guerre mondiale auraient sans doute raté leurs rendez-vous avec l'histoire.

Mais l'élève-officier Churchill saura justifier son peu glorieux rattrapage. Il sort de Sandhurst huitième sur cent cinquante et, en mars 1895, est nommé sous-lieutenant au quatrième hussards, l'une des meilleures unités de la reine. Dans sa promotion, se trouve un certain Allan Bruce, un officier mal aimé de ses camarades car ses modestes cinq cents livres de rente ne lui suffisent pas à maintenir un train de vie honorable : l'officier pauvre risque de ternir le prestige du régiment.

Le sous-lieutenant Bruce a aussi un penchant

pour le whisky particulièrement prononcé, même si on le compare à celui de Churchill qui n'a pas encore, il est vrai, trompé dans le breuvage écossais l'ennui des garnisons de l'Inde. L'officier éthylique est donc invité à donner sa démission : l'affaire fait quelque bruit dans la presse et l'hebdomadaire satirique *Truth*, toujours dirigé par Labouchère (l'auteur de l'amendement contre l'homosexualité), s'en fait l'écho et se demande si Bruce n'a pas été victime d'un sombre règlement de comptes au sein du régiment.

Une réponse polémique arrive un an plus tard : en février 1896, le père d'Allan Bruce écrit à un jeune officier, Ian Hogg, qui a succédé à son fils au quatrième hussards. Dans sa lettre, il met en cause l'ambiance très spéciale qui régnerait entre militaires et accuse, nommément, Winston Churchill. Lors de son passage à Sandhurst, celui-ci s'était, paraît-il, déjà « livré à des actes grossièrement immoraux du genre de ceux d'Oscar Wilde » avec un camarade qui, en guise de sanction, avait reçu le fouet en public.

Mis au courant par Hogg, Churchill est bien embarrassé : doit-il, comme Oscar Wilde contre le marquis de Queensberry, intenter un procès en diffamation ? Il pourrait ainsi espérer laver l'« affront », mais risquerait aussi d'exciter une bien malsaine curiosité à son égard : depuis le procès de l'écrivain, le « crime » d'homosexualité semble le pire dont on puisse être accusé. Un procès, même gagné, compromettrait irrémédiablement sa réputation et, sans doute, sa carrière.

Mais Churchill est remarquablement conseillé, sans doute par Douglas Hogg, frère de Ian et fin juriste. Il comprend que le père de Bruce ne dispose d'aucune preuve écrite pour étayer ses affirmations et qu'on peut donc lui demander réparation en le menaçant, en cas de refus, de poursuites pénales. Winston exige donc une lettre d'excuses accompagnée de vingt mille livres de dommages et intérêts. Il transigera finalement à cinq cents livres et le litige sera ainsi discrètement réglé.

Sur le fond de l'affaire, il est bien difficile de se prononcer. Les goûts sexuels de Churchill semblent, certes, à l'opposé de ceux d'Oscar Wilde. Comme son père, mort de la syphilis, le jeune Winston est un grand amateur de femmes. Son premier écrit publié est d'ailleurs une lettre adressée à la *Gazette de Westminster* et dans laquelle il s'en prend à une ligue de vertu : « En Angleterre, nous avons trop longtemps obéi à la voix des prudes. » Ces derniers veulent fermer le promenoir du Théâtre de l'Empire, lieu de rencontres à la mode. Les aventures y sont nombreuses, masculines pour Alfred Douglas et féminines pour Winston Churchill. Le premier sera d'ailleurs reconnaissant au second d'avoir ainsi sauvegardé le cadre de ses flirts.

Mais on ne peut non plus ignorer, dans les collèges anglais de l'époque, la fréquence du recours aux garçons comme substituts à une présence féminine ni l'importance des rites de bizutage un peu poussés : ce que nous nommerions actuellement « harcèlement sexuel » est, en ce temps-là, présenté comme une initiation à la vie de groupe. Il est donc bien difficile de se prononcer, avec les mentalités d'aujourd'hui, sur les affirmations de Mr Bruce. Nul ne saura sans doute jamais la signification de ce que fit ou ne fit pas le Vieux Lion quand il était jeune fauve.

Pour le reste de son existence, Churchill ne sera plus jamais inquiété par le fantôme d'Oscar Wilde. Mais il devra encore affronter, dans des circonstances rocambolesques, son ami Alfred Douglas. En 1923, celui-ci dirige un hebdomadaire populiste et antijuif[1], *Plain English*. Ce journal accuse Churchill d'avoir fait assassiner, en 1916, lord Kitchener, alors ministre de la Guerre, et, la même année, d'avoir spéculé avec des juifs sur l'issue incertaine de la bataille navale du Jutland en gagnant ainsi quarante mille livres.

Le comportement de Churchill durant la Première Guerre mondiale n'est pas exempt de cri-

1. Alfred Douglas évoluera vers des positions politiques d'extrême droite et affichera, à plusieurs reprises, ses sympathies pour les régimes fascistes.

tiques : en tant que premier lord de l'Amirauté, il a mis sur pied la désastreuse expédition des Dardanelles où périrent des milliers de soldats anglais, français, australiens et néo-zélandais. Les rapports entre sir Winston Churchill et lord Kitchener of Khartoum ne sont pas non plus dépourvus d'animosité : lors de la campagne du Soudan, le prestigieux commandant des troupes britanniques avait refusé d'envoyer au front le jeune Winston, alors correspondant de guerre, qui, se prenant pour un vrai soldat, avait tendance à confondre le fusil à baïonnette et le stylo à plume.

Les relations entre les deux hommes sont, depuis lors, restées médiocres, mais il est absurde d'accuser Churchill d'assassinat : en fait, le ministre de la Guerre a péri dans le naufrage d'un cuirassé, probablement dû à l'explosion d'une mine. Et Alfred Douglas professe à l'égard du glorieux maréchal une admiration intense, qui rappelle, en plus chaste, le culte qu'il vouait à Oscar Wilde : Alfred a toujours besoin d'un père de substitution.

Mais la justice n'en a cure et, sur plainte de Churchill, Alfred comparaît, trente ans après son ami Oscar, devant la cour de l'Old Bailey dans une affaire de diffamation. Il en a d'ailleurs l'habitude tant le ton de son journal est agressif et, chaque fois, il retrouve, comme conseillers de la partie adverse, les juristes de la firme Lewis and Lewis. Ce sont, dit-il, « les avoués ordinaires de mes ennemis ». C'étaient, surtout, les anciens conseillers du marquis de Queensberry, ce père qu'il déteste.

La cour se montre assez sévère à l'encontre d'un prévenu dont les articles outranciers relèvent souvent d'un délire paranoïaque et d'une manie de la persécution. Alfred est donc condamné à six mois de prison ferme à la demande du procureur, Douglas Hogg, le frère du vieux camarade de régiment de Churchill. Le détenu subit un régime pénitentiaire de dureté moyenne, celui de la « seconde division », intermédiaire entre les travaux forcés épuisants et la « première division » plutôt reposante. Mais, dans ses mémoires, Alfred estime que ses conditions de détention ont été particulièrement pénibles, de sorte que, dit-il, « j'ai été condamné aux travaux forcés ». Ainsi assimile-t-il son destin à celui d'Oscar Wilde.

Dix-huit ans plus tard, en pleine Seconde Guerre mondiale, Alfred Douglas écrit un sonnet de repentir un peu grandiloquent et s'accuse : « Je n'ai pas eu l'ombre immanente, le style Winston. » Son neveu Francis, devenu marquis de Queensberry et chef du clan Douglas, transmet le poème au Premier ministre qui répond : « Le temps met fin à toutes choses. » Le Vieux Lion a pardonné au moucheron Alfred.

X

Les grandes dévotions

Dans sa cellule, Alfred Douglas avait dû affronter des « bataillons de souris ». « Mais, dit-il, j'ai prié désespérément saint Antoine de Padoue de tenir les souris éloignées » : et les rongeurs battent en retraite. Entre les offensives des petits mammifères, Alfred tient l'harmonium de la chapelle, écrit un poème édifiant, intitulé *In Excelsis*, et attend avec impatience la visite de l'aumônier catholique.

Car, en 1911, onze ans après Oscar Wilde, Alfred est devenu catholique romain et, dit-il, profondément « dévot ». À quarante et un ans, âge où Oscar Wilde entrait en prison, Alfred Douglas entre en religion. Jusqu'alors, il était un membre, guère pratiquant, de l'Église anglicane. Malgré ses origines écossaises, il appartenait donc à l'Église officielle d'Angleterre et se réclamait de sa tendance la plus proche de la Couronne britannique, mais aussi de la liturgie catholique, celle de la haute église, également appelée « anglo-catholique ».

L'ancien ami d'Oscar Wilde affirme qu'il s'est converti après avoir lu « l'Encyclique contre le modernisme » de Pie X, qu'il date de 1910. Peut-être confond-il ce texte, du 8 septembre 1907, avec un *motu proprio* du 1er septembre 1910 dans lequel le pape impose à tous les prêtres de signer une formule de serment antimoderniste. Mais cette erreur est de faible portée car l'esprit de ces deux déclarations est le même. Le Saint-Siège s'en prend à toutes les idées modernes au sein du christianisme, à l'exégèse critique comme au libéralisme doctrinal : la Bible a été écrite sur la dictée de l'Esprit-Saint et l'Église romaine est seule dépositaire de la Vérité. Pareil programme séduit Alfred, toujours prompt à se trouver un maître absolu et à marquer sa différence avec l'establishment britannique, majoritairement protestant.

Mais Alfred n'abjure pas seul l'anglicanisme. Il entraîne dans le catholicisme sa chère et vieille maman, la marquise douairière, puis fait baptiser chez les « papistes » son fils unique, Raymond. À cette occasion, il se brouille avec son beau-père protestant, est plaqué par sa femme et prend une maîtresse avant de retrouver son épouse légitime. Le malheureux Raymond, ballotté entre son père et son grand-père maternel, bouleversé par la mésentente au sein de sa famille, passera presque toute sa vie en hôpital psychiatrique et sera sans doute l'ultime victime des crises mystiques de son père.

Cette « épidémie » de conversions est aussi un ultime soubresaut du mouvement d'Oxford qui a secoué les élites britanniques dans la seconde moitié du XIXe siècle : à la suite des cardinaux Newman et Manning, nombre d'intellectuels, de membres des classes moyennes et même de pasteurs anglicans se sont éloignés d'une Église d'Angleterre jugée trop installée dans le confort matériel et trop dépourvue d'exigences spirituelles voire de tenue morale. Sur ce dernier point, les procès de mœurs, tel celui d'Oscar Wilde, ont révélé l'hypocrisie de l'establishment, prompt à tout excuser tant que l'on reste discret et à tout condamner dès qu'il y a scandale. Les caractères mieux trempés sont alors attirés par les solutions radicales de l'Église catholique, par sa religion de sacrifice et son clergé célibataire.

Dans un tel contexte d'absolu, les conversions doivent aussi beaucoup au facteur politique : rallier l'Église de Rome, c'est souvent prendre ses distances d'avec le gouvernement de Londres dans un pays où l'on applique volontiers le principe « telle région, telle religion ». Justement, Alfred Douglas et Oscar Wilde ne se sont jamais totalement intégrés à la société anglaise tout en se coupant peu à peu de leurs contrées d'origine. Ils ont été reniés par la prude Albion sans obtenir pour autant le soutien de la terre de leurs aïeux, de sa presse ou de ses leaders. Abandonnés par le chardon d'Écosse et le trèfle d'Irlande, ils se rangent sous la bannière du pape, espérant trouver dans l'Église catholique une patrie d'adoption.

Ces conversions correspondent aussi à des histoires familiales. Du côté des Wilde, on était à la fois irlandais et protestant : les deux grands-pères de la mère du poète et les deux frères de son père étaient même pasteurs. Si Oscar Wilde se réclame de la « sexualité minoritaire », sa famille appartient à la religion minoritaire, deux singularités qui n'entraînent guère, à l'égard d'un artiste, une adhésion populaire : on ne peut être à la fois marginal et national.

Si l'écrivain s'était enthousiasmé pour la cause irlandaise et la foi catholique, il aurait pu devenir un héros national : comme Petöfi en Hongrie ou Mickiewicz en Pologne, il aurait été révolutionnaire en armes ou prisonnier politique, avant d'avoir ses poèmes lus dans toutes les écoles et sa statue érigée sur toutes les places. Au lieu de quoi, Wilde n'a jamais été vraiment intégré, ni dans la société de Dublin ni dans celle de Londres, et ne se veut ni un patriote fiable ni un « loyaliste » convaincu.

En fait, Oscar porte en lui les contradictions de sa mère qui a combattu la Couronne britannique tout en adhérant à un anglicanisme dont le chef temporel est la reine d'Angleterre. Il a longtemps manifesté, à l'égard du catholicisme, une attitude ambiguë faite de répulsion et de séduction, s'est laissé tenter par une religion moralement rigide alors qu'il prêche la liberté des mœurs. Déjà, à vingt-trois ans, il faillit se convertir, « fasciné » par les sermons du cardinal Manning et par les ouvrages du cardinal Newman et puis, brusquement, il refrénera son élan religieux après avoir contracté la syphilis, sans doute avec une prostituée.

Le jeune Oscar prend alors ses distances avec la religion. À la différence de Verlaine, qu'il connaît bien sans toujours le comprendre, Wilde goûte peu l'érotisme sacré par lequel l'auteur des *Liturgies intimes* comme des recueils osés *Femmes et Hombres* fait du prépuce un « anneau pastoral » et du gland capuchonné « un dieu dans son nuage ». Wilde et Verlaine sont tous les deux allés en prison à cause d'un garçon (Alfred Douglas pour le premier et Arthur Rimbaud pour le second), mais Wilde ne fait pas de « l'amour qui n'ose pas dire son nom » l'objet d'un culte à mystères ou d'une poésie orgiaque.

Son attrait pour le catholicisme est teinté d'un esthétisme moins sexuel que visuel et ses voyages en Italie redoublent son admiration pour la religion romaine, moins austère que le calvinisme, friande d'églises décorées et de saints légendaires. La piété de Wilde se nourrit d'imaginaire : « Je considère toutes les différentes religions comme les facultés d'une grande université. Le catholicisme romain est la plus grande et la plus romantique d'entre elles. »

L'influence familiale ne jouera plus quand Oscar Wilde sera détenu. Il peut alors céder à ce qu'il appelle lui-même ses « penchants papistes » et à sa fascination pour une suprême obédience : « Tous les péchés sont des péchés de désobéissance[1] », notait-il au temps de sa liberté. Désormais il se rapproche de la religion romaine faite d'obéissance absolue et de dogmes infaillibles, gravit les marches d'une Église dominée par la loi, celle du magistère pontifical comme de l'indissolubilité du mariage dont il est lui-même un exemple vivant puisque, malgré ses aventures sentimentales, son union avec Constance n'est pas rompue. Et dans le même temps, il s'éloigne toujours davantage d'une Église anglicane qui ne l'a jamais beaucoup attiré et qui, elle, est née d'un divorce, celui du roi Henri VIII.

Ses deux années de prison ont bouleversé Oscar Wilde : il a vécu parmi des reclus regardant « cette petite tente de bleu que nous, prisonniers, appelions le ciel[2] ». Il gravait son calvaire avec « ses sueurs de sang » et « son suaire taché », retrouvant les accents du piétisme

1. O. Wilde, *Le Portrait de Dorian Gray*.
2. O. Wilde, *Ballade de la geôle de Reading*.

catholique qui exalte l'imitation de Jésus-Christ et le partage de sa Passion.

L'expérience pénitentiaire, dans l'entassement des réprouvés, est aussi l'occasion d'une réflexion sur la nature du péché, l'injustice de sa sanction ou les dangers de son oubli, qu'il s'agisse du crime de chacun ou du forfait d'un autre. Pour Wilde, « le glaive du Mal nous pénétrait jusqu'à sa garde empoisonnée[1] ». Dans un milieu où l'on ne peut qu'expier sa faute ou ruminer sa vengeance, pèsent l'absence des humaines bontés et le désespoir d'une possible rédemption : « Nous n'osions pas soupirer une prière, ni donner carrière à notre angoisse[2]. »

L'univers carcéral est « l'embûche de fer qui attend le péché », un lieu sans amour avec son chapelain, « qui tremble enrobé en blanc », et son gouverneur, « avec une face jaune de Jugement dernier ». Le détenu est renié par Dieu, « hors de Sa sollicitude » et n'attend ni espoir ni douceur : « Quelle parole de grâce en un tel endroit pourrait secourir l'âme d'un frère ? » Il n'y a pas de clémence dans « la farouche Justice de l'homme[3] ».

La méditation d'Oscar Wilde sur ce monde sans aveu et sans pardon devient ou redevient

1. *Ibid.*
2. *Ibid.*
3. *Ibid.*

celle d'un bon enfant de l'Irlande, pays qui a vu naître, au VIe siècle, la confession individuelle, tout en demeurant, au long de son histoire, un gros consommateur de pénitence et un grand demandeur d'absolutions.

Et pourtant, le poète gardera, jusqu'à l'extrême fin de sa vie, une certaine réserve vis-à-vis de toute démarche officielle de conversion : il préférera assister aux cérémonies sans appartenir à l'Église. Une fois libéré, il se rend sur la côte normande, en pèlerinage à Notre-Dame-de-Liesse pour y entendre messes et vêpres et, dit-il, « la Bénédiction fut délicieuse ». Souffrant, à Rome, d'un empoisonnement par les moules et, plus encore, de sa syphilis, « cinq mois de soins d'un médecin juif » ne l'ont pas soulagé alors qu'il affirme : « La bénédiction du vicaire du Christ m'a remis d'aplomb. »

L'écrivain veillera aussi à ce que ses enfants soient élevés dans la foi catholique. Mais, bientôt, la maladie aura le dernier mot. Et Oscar Wilde mourra dans un hôtel parisien, le 30 novembre 1900, après avoir reçu les derniers sacrements d'un prêtre catholique. Il aura été précédé de dix mois dans la tombe par son vieil adversaire, le marquis de Queensberry. Lui aussi (dont l'un des frères était entré dans les ordres) a reçu, in extremis, la visite d'un prêtre à qui, dit-il, « j'ai confessé tous mes péchés ».

Les deux ennemis jurés auront connu la même

évolution spirituelle. À l'époque où le poète écrivait que « la science est le registre des religions mortes[1] », le marquis se voulait « laïc et agnostique », refusant qu'« aucune momerie ou niaiserie chrétienne ne soit effectuée sur [sa] tombe ». Mais à l'heure de l'agonie, ils reçoivent tous deux les huiles saintes et embrassent le crucifix. Comme l'empereur Constantin, converti sur son lit de mort après une existence riche en crimes de toutes sortes, ils attendent de n'avoir plus la force de pécher pour recevoir l'absolution. Ainsi Oscar Wilde et lord Queensberry justifient-ils le constat de leur contemporain Émile Zola : « Les grands désordres mènent aux grandes dévotions[2]. »

1. O. Wilde, *Phrases et philosophies à l'usage de la jeunesse*.
2. É. Zola, *Nana*.

XI

Ton chantre assassiné

Faut-il réhabiliter Oscar Wilde ? Une association gay britannique, OutRage, l'a demandé, en vain, à la reine Élisabeth II. À l'inverse, la France a, depuis longtemps, réhabilité Alfred Dreyfus, jugé la même année que l'écrivain anglais.

Si réhabiliter veut dire effacer une injustice, Oscar Wilde mérite bien cette satisfaction morale, car sa sévère condamnation fut l'œuvre d'une justice inégale qui s'en est pris à l'immoraliste le plus provocant tout en ignorant ses semblables haut placés ou plus discrets. Qu'Alfred Douglas n'ait pas été inculpé montre la partialité d'une institution judiciaire qui épargne un lord et poursuit un poète.

Mais si réhabiliter veut dire réparer une erreur judiciaire, on chercherait celle-ci en vain : Oscar Wilde a bien commis les faits qui lui ont été reprochés et a été régulièrement jugé en vertu d'une loi qui nous semble obsolète aujourd'hui mais que, voici cent ans, l'opinion britannique ne remettait pas en cause. Le procès de l'écrivain a été inique mais légal et c'est ici que se situe la différence avec Dreyfus qui, lui, n'avait pas accompli les actes d'espionnage dont on l'accusait.

L'exemple de l'officier français illustre d'ailleurs bien les limites de la réhabilitation. Celle-ci, intervenue en 1906, n'a guère aidé à promouvoir l'esprit de justice : rendre ses galons au capitaine Dreyfus, si nécessaire que cela fût, n'a empêché ni la France ni l'Europe de sombrer dans l'antijudaïsme le plus effréné. Parions que réhabiliter Oscar Wilde n'empêcherait nullement les tenants de l'hypocrisie sociale ou la majorité morale de produire de nouvelles victimes. Le Vatican n'a réhabilité Galilée que pour mieux faire oublier les coups de crosse sur les savants d'aujourd'hui.

Dans sa terrible prison, l'écrivain banni a d'ailleurs admis que toute liberté a ses limites et qu'il n'y a pas de droits sans interdits : « Être entièrement libre et en même temps entièrement dominé par la loi est l'éternel paradoxe de la vie humaine[1]. » S'il faut une réhabilitation, elle doit être collective et s'appliquer à tous les pensionnaires de la geôle de Reading, au petit enfant voleur de lapins, au soldat envoyé au bagne pour un verre de trop, au condamné à mort qui « gît,

1. O. Wilde, *De profundis*.

avec des chaînes à chaque pied, enveloppé dans un drap de flamme[1] ».

Mais l'erreur la plus grave consisterait à ne voir en Oscar Wilde que la victime d'une époque révolue et d'une nation rétrograde, le bouc émissaire de la pudeur victorienne. Car l'écrivain aurait pu être poursuivi en bien d'autres pays, à commencer par le nôtre, et, aujourd'hui encore, la justice lui demanderait des comptes à Paris comme à Londres. En 1895, la presse française présentait Wilde comme un exemple du « vice anglais ». Un siècle plus tard Édith Cresson verrait dans la Grande-Bretagne un pays d'homosexuels : le chauvinisme frappe souvent sous la ceinture.

En 1895, Oscar Wilde pouvait être condamné à Paris où il avait amené des jeunes gens dans un hôtel du boulevard des Capucines. L'article 334 du code pénal de l'époque punissait d'un emprisonnement de six mois à deux ans quiconque attentait aux mœurs « en excitant, favorisant ou facilitant habituellement la débauche ou la corruption de la jeunesse de l'un ou l'autre sexe au-dessous de l'âge de vingt et un ans ». Si un écrivain voulait échapper à la rigueur des lois tout en courtisant des jeunes gens, mieux valait disposer de solides appuis politiques ou entrer à l'Académie pour bénéficier de l'immunité de fait

1. O. Wilde, *Ballade de la geôle de Reading*.

accordée aux Immortels. Il est bon d'avoir le choix entre la prison et la Coupole mais imagine-t-on le facétieux Oscar aux séances du dictionnaire ?

Un siècle plus tard, Oscar Wilde serait toujours exposé à une condamnation dans de nombreux pays, à commencer par l'Angleterre : plusieurs de ses amants avaient, au moment de leurs rencontres, moins de dix-huit ans, âge actuel outre-Manche de la majorité pénale pour les relations homosexuelles (contre seize ans pour les relations hétérosexuelles). Les actes sexuels commis avec eux seraient donc toujours des délits.

En France, son sort serait aujourd'hui plus incertain : la majorité homosexuelle comme hétérosexuelle est, depuis 1982, de quinze ans (article 222-29 du code pénal) et tous les amants d'Oscar dépassaient cet âge. Mais le poète pourrait être poursuivi à propos de deux de ses relations. Il présentait l'une d'entre elles, Fred Atkins[1], comme son « secrétaire particulier » et avait donc « autorité sur la victime » (article 222-30), qualité qui, actuellement, en ferait un délinquant. Quant à la seconde, Edward Shelley[2],

1. Bien que les actes sexuels commis avec Fred Atkins aient été accomplis à Paris, hors de la juridiction du tribunal de l'Old Bailey, celui-ci s'est estimé compétent.

2. Curieusement, le tribunal de l'Old Bailey n'a pas retenu à charge la relation d'Oscar Wilde avec Edward Shelley, sans doute pour préserver l'honorabilité de celui-ci.

il se dit, à l'époque, « nerveux et déprimé », sur le point de « perdre la raison » et serait donc considéré, par le code pénal français, comme une personne de « particulière vulnérabilité ».

Ces deux amants pourraient coûter, aujourd'hui, à un émule d'Oscar Wilde agissant sur le territoire français jusqu'à dix ans de prison. Son sort dépendrait aussi beaucoup de l'âge de ses amants. Ceux du poète avaient, au moment des faits, entre seize ans (Walter Grainger) et vingt et un ans. Compte tenu de la croissance plus précoce des adolescents, ils auraient aujourd'hui, à aspect physique égal, entre quatorze et dix-neuf ans. Dans la législation de nombreux pays, ces amours sont aujourd'hui interdites et, dans les journaux, elles apparaissent sous la rubrique de la pédophilie.

Une mention particulière s'applique à une aventure qu'eurent, trois mois avant le procès de l'Old Bailey, Oscar Wilde et André Gide. À Alger, ils se partagèrent les faveurs d'un jeune Ali « qui n'avait pas seize ans » et fut « cravaché d'importance » par Alfred Douglas[1]. Dans l'Algérie islamique d'aujourd'hui, un tel comportement pourrait avoir les pires conséquences pour les deux écrivains. Et même s'ils choisissaient des pays plus favorables (notamment dans

1. Voir A. Gide, *Si le grain ne meurt*, 2e partie.

le Sud-Est asiatique), ils n'en seraient pas quittes pour autant. De retour en Europe, dans des pays comme la France, la Norvège, la Suède ou l'Allemagne, le voyage érotique pourrait se terminer par une inculpation au titre des lois sur le tourisme sexuel et, dans d'autres pays, par une extradition en vertu de la convention internationale sur les droits de l'enfant.

Ajoutons que, dans n'importe quel pays du monde, Oscar Wilde devrait, aujourd'hui comme il y a cent ans, payer le coût élevé de la justice. Malgré le bénévolat de son principal défenseur, il avait dû dépenser sept cents livres, soit à peu près sept cent mille francs actuels. Dans une affaire aussi complexe, il ne serait pas sûr, dans un grand pays européen, de s'en tirer à meilleur compte et risquerait toujours de finir sa vie ruiné.

Le marquis de Queensberry dit avoir dépensé trois mille livres de l'époque, soit environ trois millions de francs d'aujourd'hui, en honoraires d'avocats et factures de détectives. Les grands cabinets de filature anglo-saxons lui prendraient bien cette somme, et peut-être davantage, en remplaçant la loupe des fins limiers par des lunettes à infrarouges et les oreilles des enquêteurs par des micros ultrasensibles. Naturellement, aux États-Unis, toutes ces sommes seraient à multiplier au moins par dix. Les affaires de mœurs sont parmi les plus coûteuses : pour un flirt un peu poussé avec une de ses admiratrices qui l'accusait de viol, le boxeur Mike Tyson n'a-t-il pas déboursé deux millions de dollars ?

Oscar Wilde ne pourrait donc guère éviter la prison. Dans tous les grands pays occidentaux, Grande-Bretagne, États-Unis ou France, la proportion d'auteurs de délits ou de crimes sexuels ne cesse de croître, dans les box des accusés comme dans la population pénitentiaire. C'est bien le paradoxe de notre époque de libération sexuelle : plus la société se veut ou se croit permissive, plus la justice prononce de mises en examen et en détention. L'opinion publique ne s'en rend d'ailleurs pas toujours bien compte, tant, dans ce genre d'affaire, les huis clos sont nombreux.

Mais si la justice se montrerait, probablement, tout aussi sévère qu'il y a cent ans, deviendrait-elle moins inique ? Sans doute les juges anglais seraient-ils moins enclins à « oublier » d'inculper Alfred Douglas. Depuis la réforme de la Chambre des lords (1911), l'aristocratie britannique a perdu une grande partie de ses pouvoirs et le prestige d'un jeune lord n'est plus ce qu'il était. Aujourd'hui les magistrats britanniques, toujours en perruque, sauraient mieux tenir la balance entre un fils de marquis et un auteur à succès.

Éviterait-on que le nom d'un Premier ministre soit cité ? Pourrait-on garantir à un successeur de Rosebery la discrétion sur sa vie privée et sur ses démêlés avec le noble père de son secrétaire particulier ? Ce serait apparemment difficile, à en juger par l'appétit des tabloïds anglais (qui n'existaient pas au siècle dernier) pour la vie sentimentale des hommes politiques. Aujourd'hui, la photo à la une de la cravache de Queensberry poursuivant le chef de gouvernement serait un sérieux argument de vente. Mais dans un contexte international tendu, livrerait-on un Premier ministre fragile aux suspicions de l'opinion publique ? Ce n'est pas certain et la justice comme la presse pourraient bien protéger sa vie privée. Pour des enjeux majeurs, aucun pays n'ignore la raison d'État, même pas la Grande-Bretagne, « mère des démocraties ».

Et en France ? Oscar Wilde avait bien noté que les rapports entre vie publique et vie privée n'étaient pas les mêmes des deux côtés de la Manche : « La vie privée des hommes et des femmes ne devrait pas être racontée au public. En France, ils ne permettent pas la publication des détails des procès de divorce pour l'amusement ou la critique du public[1]. »

1. O. Wilde, *L'Âme de l'homme sous le socialisme.*

Et aujourd'hui ? La presse française est généralement discrète sur la vie privée des hommes publics comme le montre le long silence gardé sur Mazarine, la fille naturelle du président Mitterrand. L'un des rares scandales sexuels de ce dernier demi-siècle est l'affaire dite des « ballets roses » qui mettait en scène, en 1958, des jeunes filles de bonne famille et des hommes politiques d'âge mûr dont le président de l'Assemblée nationale, André Le Troquer. Encore cette affaire fut-elle ébruitée sous la Ve République naissante et pouvait-elle s'apparenter à un règlement de comptes avec le régime précédent.

En matière de ballets bleus, si des bruits ont souvent couru, rares furent les informations mettant explicitement en cause des personnalités. Dans ces quarante dernières années, la principale affaire fut, en 1959, la découverte d'un réseau pédophile impliquant plusieurs notables et fonctionnant dans une propriété louée par Mgr Maillet, fondateur des Petits chanteurs à la croix de bois. Celui-ci démissionna promptement de la manécanterie et, en contrepartie, sur intervention du cardinal archevêque de Paris auprès du général de Gaulle, le prélat ne fut pas poursuivi. Mais les protagonistes de plus faible acabit ont été condamnés à de longues peines de prison. Une telle inégalité de traitement évoque d'ailleurs bien les procès d'Oscar Wilde.

Il y eut longtemps une différence fondamentale entre pays anglo-saxons et latins. Les premiers étaient prompts à montrer du doigt les pécheurs publics ou à broder une « lettre écarlate » sur la robe des femmes adultères, comme l'ont illustré le roman de Hawthorne et le film de Wim Wenders sur les puritains d'Amérique. Les seconds se référaient à la tradition catholique qui réserve au confesseur les aveux de la chair. Toute insinuation ou indiscrétion dans ce domaine était donc perçue comme une sorte de violation du secret de la confession. Il y avait quelque chose d'indécent à mettre un nom propre sur une affaire de sexe et toute complaisance en ce domaine était morbide : « la rue meurt », eût dit Lacan de ces boulevards à ragots.

Mais, en matière de sexe comme d'argent, le devoir de réserve semble faiblir et le journalisme d'investigation pourrait s'en prendre désormais à la concupiscence, sœur lubrique de la concussion. Le sacrement de pénitence est aujourd'hui déserté et il faut trouver d'autres réservoirs de fiel que les confessionnaux, d'autres langues du diable que les piliers de sacristie : les « corbeaux » des rédactions sont les nouvelles grenouilles de bénitier.

En ce domaine comme en d'autres, on pourrait donc s'orienter vers un alignement de la presse française sur les pratiques anglo-saxonnes ou, du moins, vers une certaine contamination, notamment dans le domaine de l'*outing* ou révélation des pratiques et tendances sexuelles. Un bon exemple en est donné par les récentes rumeurs concernant un candidat à la dernière élection présidentielle et sa liaison supposée avec son jeune directeur de cabinet voire avec un jeune ministre. Les milieux politiques ont été abreuvés de médisances et le président gabonais Omar Bongo, avec sa délicatesse coutumière, a évoqué ces rumeurs dans son quotidien officieux.

Ces écrits et propos nauséabonds s'expliquent, en grande partie, par des rancunes personnelles ou des conspirations d'état-major. Le président Bongo n'avait guère apprécié d'être mis en cause par un tribunal parisien dans une affaire de jolis mannequins lui livrant ses costumes avec leurs charmes. Et certains sous-ordres chiraquiens, plutôt que de s'attaquer à la gestion d'Édouard Balladur (officiellement approuvée par son adversaire), ont préféré frapper sous la ceinture.

Ces allusions perfides, si condamnables soient-elles, ont aussi pour raison la différence d'âge entre un Premier ministre et ses deux amis politiques : comment le chef du gouvernement a-t-il pu accorder sa confiance à des hommes aussi jeunes et inexpérimentés ? Peut-on exercer des responsabilités aussi lourdes sans avoir blanchi sous le harnais ?

Ici pèse la nostalgie de ce que, dans la Bible, l'Ecclésiaste appelle l'« âge des cheveux noirs », celui qui précède « ces années dont tu diras : je ne les aime pas[1]. » Et l'on rejoint alors le problème des relations entre Oscar Wilde et Alfred Douglas, comme entre Rosebery et Francis Douglas ou entre le révérend Hudson et le jeune Hadow. Au-delà de toute connotation sexuelle, il y a, dans la lente marche vers les honneurs, la fuite à grands pas de la jeunesse. La génération des responsabilités et des magistratures est dominée, selon Shakespeare, par « le juge, dans sa belle panse ronde garnie d'un bon chapon, l'œil sévère, la barbe solennellement taillée, plein de sages dictons et de banales maximes[2] ».

Oscar Wilde et ses juges ne s'entendaient pas sur l'âge. Il ne pouvait y avoir d'accord entre l'écrivain pour qui « la jeunesse est un art[3] » et les magistrats pour qui la maturité est un devoir. Dans sa quête éperdue de jouvence, le « prince du langage » a été trahi par les faits et l'on ne saurait reprocher à un jury de braves gens de s'en tenir à la réalité ni à des hommes de loi d'appliquer leurs codes avec leurs convenances et bienséances.

Faut-il donc, pour dire le droit, tuer le cri du poète ? Sûrement pas et les admirables écrits de prison d'Oscar Wilde feraient même du verdict

1. Ecclésiaste, 10, 11 et 12, 1.
2. *Comme il vous plaira*, acte II, scène 7.
3. O. Wilde, *Un mari idéal*.

des hommes une amie de la Muse. L'interdit ne tue pas toujours l'imaginaire et la création ne s'arrête pas derrière les barreaux : de Robert Desnos à Jean Genet, l'art a su trouver un chez-soi sous les verrous.

Simplement, en toute société, le droit fixe des limites aux libertés, sacrifie souvent les marges à la règle et oppose aux flâneries du cœur son carcan de procédures. On peut s'en consoler en lisant cette épitaphe écrite par un écrivain américain, George Viereck, à l'occasion de la mort d'Alfred Douglas et en mémoire d'Oscar Wilde :

Ami, amant, martyr, poète mort, dis-nous
Si là-haut dans le ciel les dieux restent jaloux
De ceux qui ont osé vexer l'omnipotence
En cherchant hors du sexe la beauté plus
immense
Au seuil élyséen, dis, l'as-tu rencontré,
Ton frère à la voix d'or, ton chantre
assassiné ?

Annexes

1. La famille Douglas

Archibald Douglas
8e marquis de Queensberry (1799-1856)
mort d'un accident de chasse inexpliqué (suicide?)

John Sholto Douglas
9e marquis de Queensberry (1844-1900)
= l'adversaire d'Oscar Wilde
marié en 1866 à Sybil Montgomery,
divorcé en 1887

Francis Douglas
(1847-1865)
= le petit frère, mort au Cervin

Percy Douglas
10e marquis de Queensbury
(1868-1920)
se porte caution pour la mise
en liberté
provisoire d'Oscar Wilde

Sholto Douglas
né en 1872

Francis Douglas junior
vicomte Drumlanring
(1867-18 octobre 1894)
= secrétaire particulier de
lord Rosebery,
ministre des Affaires étrangères
puis Premier ministre,
mort d'un accident de chasse
inexpliqué

Alfred Douglas (1870-1945)
= l'amant d'Oscar Wilde
marié en 1902 à
Olive Custance (1877-1944)
séparés en 1913

Edith Douglas
née en 1874

Francis Douglas (1896-1954)
11e marquis de Queensberry,
écrit un livre sur Oscar Wilde
et le clan Douglas

Raymond Douglas
(1902-1964)
vit en hôpital
psychiatrique
de 1927 à sa mort

David Douglas (1929-)
12e marquis de Queensbberry

2. Chronologie des procès d'Oscar Wilde

2 mars 1895 Demande de poursuites pour propos diffamatoires présentée devant le tribunal de simple police de Marlborough Street à Londres par Oscar Wilde contre le marquis de Queensberry. Avoué (*solicitor*) du plaignant (Wilde) : Mr Travers Humphreys ; avoué du défenseur (Queensberry) : sir George Lewis.

9 mars 1895 Audience au tribunal de Marlborough Street. Avocat (*barrister*) du plaignant : sir Edward Clarke ; avocat du défenseur : Mr Edward Carson. Échec d'une tentative de conciliation. L'affaire est renvoyée devant la cour criminelle centrale de Londres.

2 avril 1895 Premier procès devant la cour criminelle de l'Old Bailey sous la présidence du juge R. Henri Collins (Queensberry contre Oscar Wilde). Le marquis de Queensberry est acquitté et son nouvel avoué, Mr Charles Russell, transmet au procureur de la reine les preuves de ses accusations à l'encontre d'Oscar Wilde.

5 avril 1895 Oscar Wilde est arrêté sous l'inculpation d'« actes grossièrement immoraux » accomplis avec d'autres personnes de son sexe.

6 avril 1895 Oscar Wilde comparaît devant la chambre d'accusation de Bow Street (juge : sir John Bridge). Il est interrogé à nouveau les 11 et 18 avril et les poursuites à son encontre sont déclarées fondées par un grand jury de 23 membres, présidé par un journaliste français, P. Villars, correspondant du *Figaro*. Le 23 avril, le cas d'Alfred Taylor (entremetteur) est joint au sien. Oscar Wilde décide de plaider non coupable.

24 avril 1895 Les créanciers d'Oscar Wilde ainsi que le marquis de Queensberry, qui exige le règlement de ses frais judiciaires (six cents livres), demandent la faillite personnelle de Wilde et la vente de ses biens aux enchères.

26 avril 1895 Deuxième procès devant la cour de l'Old Bailey présidée par Mr Charles (Oscar Wilde contre la reine). Le procureur de la reine se fait représenter par des substituts. Le jury ne peut se mettre d'accord sur la culpabilité d'Oscar Wilde. Le procès est donc renvoyé.

7 mai 1895 Mise en liberté provisoire d'Oscar Wilde accordée par la chambre d'accusation de Bow Street après versement d'une caution de 2 500 livres par le pasteur Headlam et par Percy Douglas, frère d'Alfred.

22 mai 1895 Dernier procès devant la cour de l'Old Bailey présidée par sir Alfred Wills (Oscar Wilde contre la reine). Procureur de la reine : sir Frank Lockwood. Après quatre jours d'audience, Oscar Wilde est condamné, le 25 mai, à deux ans de prison assortis de travaux forcés qu'il accomplira dans les prisons de Pentonville, de Wandsworth et de Reading.

19 juin 1895 Un pourvoi en cassation d'Oscar Wilde (contestant la jonction de son cas à celui de Taylor) est rejeté.

25 septembre 1895 Le tribunal des faillites prononce la liquidation des biens d'Oscar Wilde.

Février 1897 Constance Wilde, épouse de l'écrivain, renonce au divorce mais obtient la tutelle de ses enfants (partagée avec un de ses cousins), ce qui équivaut, pour son mari, à une déchéance des droits paternels.

17 mai 1897 Oscar Wilde signe un acte de séparation d'avec sa femme lui évitant un divorce qui aurait signifié l'annulation du contrat de mariage et d'une modeste rente en faveur de l'écrivain.

19 mai 1897 Oscar Wilde quitte la prison de Reading.

3. Figaro à Londres

À propos de l'affaire Wilde

Londres, le 2 mai 1895.

Le fâcheux désaccord du jury d'Old Bailey laisse l'affaire Wilde, à peu de chose près, au point où elle en était à la veille des assises. Si, comme tout le fait supposer aujourd'hui, le ministère public se décide à recommencer le procès, il ne roulera probablement pas sur les deux chefs d'accusation qui ont trait aux relations entre Wilde et Parker et Shelley, le valet de chambre et le commis libraire. C'est sur ce point, dit-on, que les jurés n'ont pu arriver à l'unanimité, trois d'entre eux étant pour un acquittement et les neuf autres en faveur d'un verdict affirmatif.

Les opinions sont partagées sur l'opportunité d'un second procès : les uns estiment que la publication nouvelle de détails révoltants comme ceux que certains témoins ont racontés fera plus de mal que de bien et qu'il vaudrait mieux en rester là ; les autres sont d'un avis contraire et disent que la morale publique ne pourra que gagner à ce que l'on fasse une bonne fois un nettoyage complet et que l'on purge la société anglaise de certains êtres sans nom. Ceux qui pensent ainsi voudraient que le gouvernement ne reculât devant aucune difficulté et ne se laissât arrêter par aucune considération de personnes. Ils font remarquer que, pendant le procès, il a été fait de fréquentes allusions à des personnes dont les noms ont été tenus secrets ou communiqués seulement par écrit au juge et aux avocats. Ils en concluent que la justice doit savoir bien des choses, et que la société est, dans certaines couches, sérieusement gangrenée, et que, puisque les circonstances ont permis à la conscience publique de sonder la profondeur du mal, il faut la satisfaire en recourant aux moyens héroïques.

On n'a pas oublié que le point de départ de cette affaire a été le procès intenté par M. Oscar Wilde au marquis de Queensberry qui l'avait diffamé. Par un hasard assez singulier, *le Figaro*, dans la personne de son représentant, s'est trouvé mêlé à ce premier procès, source de tous les autres.

La loi anglaise sur le jury n'a pas classé les étrangers non naturalisés dans la même catégorie que les pairs du royaume et les gardiens des maisons de fous ; elle a jugé, sans doute, qu'ils ne méritaient ni cet excès d'honneur ni cette indignité.

Et voilà comment, dans les derniers jours du mois de mars, je me suis trouvé, moi vingt-troisième, faire partie du grand jury.

Le grand jury est une espèce de chambre des mises en accusation. Après l'instruction (publique comme toujours), devant le tribunal de police, toute affaire criminelle doit, au commencement des assises, être soumise au grand jury, composé de vingt-trois membres. Après avoir été constitué, le grand jury se retire dans une salle spéciale et élit son chef. Cela fait, le chef du jury prête serment entre les mains du *recorder*, en son nom et au nom de ses collègues. Le *recorder* prononce une allocution, commente et explique les causes dont le grand jury doit connaître et renvoie les grands jurés à leurs travaux.

Sous la présidence de son chef, le grand jury seul, sans le secours d'aucun juge ou avocat, examine les dossiers de toutes les affaires, voit les pièces, interroge les témoins à charge (il n'a pas à s'occuper de la défense) et rend une ordonnance de renvoi ou une ordonnance de non-lieu. Dans le premier cas, le chef du jury écrit au dos du parchemin sur lequel est grossoyé l'acte d'accusation les mots : *True bill* ; dans le second cas, les mots : *Bill not found*.

Or, parmi les affaires qui nous furent transmises et qui comprenaient à peu près tous les crimes possibles, assassinats, vols, avortements, homicides, *vitriolages*, etc., se trouvait l'affaire Wilde-Queensberry. On entendit quelques témoins et le grand jury rendit une ordonnance de renvoi. Et je ne me doutais pas qu'en écrivant sur le dossier les mots : *True bill*, suivis de ma signature, j'ouvrais l'écluse à ce flot de révélations scandaleuses sur certains côtés des mœurs anglaises. Car j'avais aussi oublié de dire que le chef du grand jury, c'était moi.

P. Villars.
Le Figaro, 4 mai 1895

4. Reportage anglais

Londres, 26 mai.

LE « HARD LABOUR »

La peine du *hard labour* à laquelle a été condamné hier Oscar Wilde, avec Alfred Taylor, qui fut son complice dans le premier procès, n'a aucun équivalent dans la loi française. Ce n'est pas la peine des travaux forcés qui est dite en Angleterre « servitude pénale » et qui entraîne, selon sa durée, une réclusion avec travaux sur le territoire de la Grande-Bretagne, ou la déportation dans un bagne colonial. Le condamné à la servitude pénale est dit *convict*. Tel est le cas présentement pour les complices déjà jugés de l'ex-député Jabez Spencer Balfour : Hobba et Whrigt sont condamnés à douze ans de servitude pénale ; ils sont des forçats et n'ont pas à faire un seul jour de « travail dur ». Cette dernière peine est un supplice, et un supplice tel que la loi interdit au juge de la prononcer pour plus de deux ans, parce qu'il est peu d'exemples de condamnés y ayant survécu passé ce délai.

Une disposition de la loi anglaise permet de mesurer ce supplice à des fautes qui dénotent chez leur auteur plus de perversité qu'elles ne causent de dommage à la société. On peut condamner un homme à un mois de *hard labour*, et même à moins, comme on peut le condamner encore à recevoir le fouet dans une prison. La peine du fouet a été appliquée, il y a moins d'un mois, dans la prison de Milbank, à deux jeunes gens reconnus coupables d'incendie volontaire, et qui ont, par surcroît, chacun deux ans de servitude pénale à accomplir.

Pour donner une idée du *hard labour*, nous dirons quelle sera désormais la journée d'Oscar Wilde, comme celle de Taylor. Ayant été condamnés, « sentencés », un samedi après-midi, ils n'auront été soumis à aucun travail le lendemain dimanche. Pourtant, dès après l'arrêt, à leur arrivée dans la geôle de Newgate, il leur a fallu dépouiller leurs vêtements pour endosser la livrée des *convicts* : un pantalon et une veste de coton ou de laine — selon la saison — marqués de trèfles depuis les pieds jusqu'à la tête. Ils auront été soumis au régime réglementaire pour le coucher et la nourriture.

À neuf heures du soir Wilde et Taylor sont montés dans la voiture cellulaire, hors la présence l'un de l'autre, et ont été conduits à la maison de force de Pentonville, située dans le nord de Londres, au-delà de King's Cross, où ils sont arrivés à neuf heures et demie, ont été écroués séparément, et conduits chacun dans une cellule garnie d'un lit de camp en bois, sans matelas, avec une seule couverture.

Avant de quitter Newgate, Wilde s'était vu refuser la faveur d'adresser ses adieux et ses remerciements à lord Percy Sholto Douglas et au révérend Stewart Headlam, ses garants, qui avaient assisté jusqu'au bout à son procès.

Lundi, à cinq heures du matin, les condamnés seront conduits nus et séparément, dans une salle de bains où, après les soins de propreté, ils seront pesés. Car il faut qu'ils maigrissent pendant la durée de leur peine, il faut que le châtiment comporte une déperdition de force et de vitalité. Ensuite, vêtus, ils seront dirigés vers le *tread mill*, le moulin de discipline. Ils deviendront, pour leur part, les agents d'une force motrice distribuée dans les ateliers de la prison.

Imaginez une roue gigantesque dont les rayons atteignent quatre mètres et dont la circonférence est divisée en palettes, à peu près comme la circonférence d'une roue de bateau à vapeur, d'une aube. Il y a cette différence entre l'aube et le *tread mill* que l'aube agit sur l'eau en vertu d'une propulsion intérieure, tandis que le *tread mill* reçoit sa propulsion du dehors et la doit uniquement aux hommes frappés de *hard labour*. Dans la partie supérieure de la circonférence, les palettes aboutissent à des cellules étroites où elles figurent, en passant, les marches fuyantes d'un escalier.

Amené dans une de ces cellules, le condamné est tenu de se suspendre de ses deux mains à deux anneaux ballottant au-dessus de sa tête, et de peser de tout son poids avec ses pieds sur les palettes qui défilent, afin d'actionner le mouvement de cette grande roue qu'il n'aperçoit même pas. S'il hésite, un gardien placé derrière lui peut lui appliquer un coup de fouet ; s'il s'arrête, la roue, dans son mouvement continu, l'atteint rudement aux pieds ; s'il trébuche, il s'expose à payer sa défaillance d'une jambe cassée. S'il refuse, c'est la peine disciplinaire du fouet, du « chat à neuf queues ». Cette arme de mince cuir tressé emporte la peau au premier coup et fouille la plaie vive au deuxième.

La mise en action du *tread mill* comporte une fatigue tellement accablante que les condamnés n'y sont assujettis que pendant trois heures par jour : une heure et demie le matin, une heure et demie après dîner. Encore le travail est-il divisé, pour chaque période, en dix minutes de piétinement et cinq minutes de repos. Le condamné peine soixante minutes et se repose une demi-heure. En dehors du *tread mill* il est soumis aux occupations les plus pénibles.

On voit souvent à Londres des pavés marqués d'un trèfle : ils ont été taillés en prison par les *convicts* et les *hard labourers*. À ces derniers revient notamment la dure corvée de détailler, pour les changer en étoupe, les vieux cordages de la marine, goudronnés ou non. Il faut avoir visité une prison anglaise pour comprendre à quel point cette besogne ressemble à un martyre. Au bout d'une journée, les doigts de l'ouvrier-condamné en souffrent ; la peau s'échauffe, s'attendrit, tombe et le sang coule. On cicatrise, on cautérise ; on ramène l'homme au plus tôt à la même corvée. La pression continue du doigt sur le fil poisseux, pression où se concentre sans cesse la force dynamique des muscles, exerce bientôt un contre-coup sur les articulations des phalanges, du métacarpe, du poignet et de l'avant-bras. Les membres antérieurs sont brisés par ce travail ; les membres inférieurs par le *tread mill*. Le poids du condamné est contrôlé de façon à en assurer la diminution. On augmente la durée du *tread mill* pour les hommes qui y résistent trop aisément.

Ce supplice est l'objet d'une surveillance cruellement attentive qui s'exerce jusqu'au dernier jour ; car il est extrêmement rare qu'un individu condamné au *hard labour* soit l'objet d'une remise partielle importante. On cite des individus qui ont bénéficié d'une remise d'un mois pour un an, de six semaines pour quinze ou dix-huit mois. Enfin, à aucun moment, le condamné n'est appelé à jouir des menues faveurs accordées à presque tous les détenus qui disposent de quelque argent. Il n'a pas de « masse », ne reçoit aucune somme du dehors, et il est astreint, sauf le cas de maladie, à la seule nourriture de la prison. Elle comporte une livre de viande par semaine ; le reste en pain, en graisse et en légumes. Voilà pour le supplice physique.

Le supplice moral consiste en une sorte de mort temporaire qui atteint à la fois le condamné et les siens. Pendant les trois premiers mois de la peine, il n'écrit à personne et n'a de nouvelles de personne. Pendant les six premiers mois, il ne reçoit aucune visite. Plus tard, il est visité à jours fixes, conformément au règlement sur les *convicts*.

Aggravation : Aucun travail en commun. Cellule pour le *tread mill*, cellule pour l'étoupe, cellule avec lit de planches pour la nuit.

Telle est cette peine du *hard labour* — l'effroi, la terreur de tous les malfaiteurs anglais. Elle accuse une telle disproportion entre la cruauté du châtiment et les délits qu'elle châtie qu'on ne saurait hésiter à souhaiter son abolition.

Le Temps, 27 mai 1895

Sources documentaires

CHAPITRE I

A. Sinfield, *The Wilde Century*, Londres, Cassell, 1994.

Complete Works of Oscar Wilde, Londres, Harper and Collins, 1994.

J. de Langlade, *La Mésentente cordiale : Wilde-Dreyfus*, Paris, Julliard, 1994.

M. Knox, *Oscar Wilde, A Long and Lovely Suicide*, Yale University Press, 1994.

G. Schmidgall, *The Stranger Wilde, Interpreting Oscar*, Londres, Abacus, 1994.

O. Vallet, « Faut-il réhabiliter Oscar Wilde ? », *Journal de Genève*, 13-14 août 1994.

O. Vallet, « Il y a cent ans : le procès Oscar Wilde », *Le Monde*, 25 février 1995.

O. Vallet, « Oscar Wilde ou le procès de l'homosexualité », in revue *L'Histoire*, décembre 1993.

O. Wilde, *Œuvres complètes*, t. 1, Paris, Mercure de France, 1992.

R. Ellman, *Oscar Wilde*, Paris, Gallimard, 1994.

CHAPITRE II

C. Courouve, *Vocabulaire de l'homosexualité masculine*, Paris, Payot, 1985.

Ch. Gury, *L'Homosexuel et la Loi*, Paris, L'Aire, 1981.

Encyclopædia Universalis, article « Homosexualité » de C. Courouve.

J. Chastenet, *Le Siècle de Victoria*, Paris, Fayard, 1947.

Journal of the House of commons, Londres, 1885.

Journal of the House of Lords, Londres, 1885.

Les Premiers Psychanalystes, Minutes de la Société psychanalytique de Vienne, t. I, Paris, Gallimard, 1976.

M. of Crewe, *Lord Rosebery*, 2 t., Londres, John Murray, 1931.

P. Gay, *Freud, une vie*, Paris, Hachette, 1991.

CHAPITRE III

A. Douglas, *Oscar Wilde et quelques autres*, Paris, Gallimard, 1930.

F. Douglas, *The Sporting Queensberrys*, Londres, Hutchinson, 1942.

F. Harris, *La Vie et les Confessions d'Oscar Wilde*, Paris, Mercure de France, 1928.

L. Strongfort, *Promotion and Conservation of Health, Strength and Mental Energy*, Londres, 1930.

Lord Queensberry et Percy Colson, *Oscar Wilde et le clan Douglas*, Arts et métiers graphiques, Paris, 1950.

O. Wilde, *The Complete Illustrated Stories, Plays and Poems of*, Londres, Chancellor Press, 1991.

P. Cangioni, *La Fabuleuse Histoire de la boxe*, Paris, O.D.I.L., 1977.

W. Fraser, *The Douglas Book*, 4 vol., Edimbourg, 1885.

CHAPITRE IV

Beat P. Truffer, *The Matterhorn*, Aroleit-Verlag, Zermatt, 1990.

C. Haensel, *La Lutte pour le Cervin*, Genève, Jeheber, 1930.

C. Williams, *A Church in the Alps (Zermatt)*, Londres, Intercontinental Church Society, 1970.

Ch. Gos, *Le Cervin*, 2 t., Genève, Attinger, 1948.

E. Whymper, *Escalades dans les Alpes*, Genève, Slatkine, 1978.

F. Mazeline, *Le Drame du mont Cervin*, Paris, Tallandier, 1929.

H. Taugwalder, *La Vallée perdue*, Genève, Georg, 1970.

J. Sholto Douglas, *The Spirit of the Matterhorn*, Londres, 1881.

Lord Alfred Douglas, *Sonnets*, Londres, Rich and Cowan, 1935.

Ph. Gindraux, *La Folle Histoire du Cervin*, Genève, Slatkine, 1990.

CHAPITRE V

K. Young, *Harry, Lord Rosebery*, Londres, Hodder, 1974.

O.D. Edwards, *The Quest for Sherlock Holmes*, Edimbourg, Mainstream, 1983.

R.R. James, *Rosebery*, Londres, Weinderfeld, 1994.

O. Vallet, « La mort de Sherlock Holmes », in *Journal de Genève*, 8-9 janvier 1994.

Chapitre VI

A. Maurois, *La Vie de Disraeli*, Paris, Gallimard, 1927.

A. Wills, *Le Nid d'aigle et l'ascension du Wetterhorn*, Paris, Meyrueis, 1864.

H. Montgomery Hyde, *Les Procès d'Oscar Wilde*, Paris, Mercure de France, 1966.

H. Pacq, *Le Procès d'Oscar Wilde*, Paris, Gallimard, 1933.

L. Thomas, *L'Esprit d'Oscar Wilde*, Paris, Éditions C.L., 1920.

O. Wilde, *La jeunesse est un art*, Paris, Les Belles Lettres, 1993.

Collections du *Temps*, du *Times* et du *Figaro*.

Chapitre VII

Collectif, *Pour Oscar Wilde*, Rouen, E. Brunet, 1994.

Dr Laupts, *Perversité et Perversion sexuelle*, Paris, Masson, 1896.

Dr Minime, *La Prostitution et la Traite des Blanches à Londres et à Paris*, Paris, Flammarion, 1886.

F. Carlier, *Les Deux Prostitutions*, Paris, Dentu, 1887.

G. Berry, *Les Petits Martyrs, mendiants et prostituées*, Paris, Fasquelle, 1892.

Havelock Hellis, *L'Éonisme ou l'inversion esthético-sexuelle*, Paris, Le livre précieux, 1965.

Havelock Hellis, *La Déroute des maladies vénériennes*, Paris, Mercure de France, 1931.

J. Chevalier, *L'Inversion sexuelle*, Paris, Masson, 1893.

J. Vallès, *La Rue à Londres, œuvres complètes*, t. 3, Paris, Club du livre Diderot, 1969.

L. Thoinot, *Attentats aux mœurs et perversions du sens génital*, Paris, Octave Doin, 1898.

M.A. Raffalovitch, *Uranisme et unisexualité*, Paris, Masson, 1896.

O. Vallet, « Errances du porno », in revue *Adolescence*, n° 23, Paris, Bayard Éditions, 1994.

O. Vallet, « Le poil et la loi », in revue *Adolescence*, t. 11, n° 1.

Pr Tarnowsky, *L'Instinct sexuel et ses manifestations morbides*, Paris, Charles Carrigton, 1904.

CHAPITRE VIII

B. Shaw et A. Douglas, *A Correspondence*, Londres, John Murray, 1982.

B. Shaw, *Agitation, Letters to the Press*, Londres, Frederick Ungar, 1985.

F. Harris, *Bernard Shaw*, Paris, Gallimard, 1938.

G. Ives, *A History of Penal Methods*, Londres, Stanley Paul, 1914.

H. Montgomery Hyde, *Les Années maudites*, Paris, Mercure de France, 1968.

H. Pearson, *The Life of Oscar Wilde*, Londres, Methuen, 1946.

Lord Byron, *The Complete Poetical Works*, Oxford University Press, 1980.

O. Wilde, *De Profundis*, Paris, Mercure de France, 1966.

R. Merle, *Oscar Wilde ou la « destinée » de l'homosexuel*, Paris, Gallimard, 1955.

R. Merle, *Oscar Wilde*, Paris, Hachette, 1949.

Vyvyan Holland, *Fils d'Oscar Wilde*, Paris, Flammarion, 1955.

Chapitre ix

Randolph S. Churchill et M. Gilbert, *Winston S. Churchill*, t. 1 et 5, Londres, Heinemann, 1966.
Randolph S. Churchill, *Churchill*, Paris, Stock, 1968.
Ted Morgan, *Churchill, Young Man in a Hurry*, Londres, Simon and Schuster, 1982.
W.S. Churchill, *Mes aventures de jeunesse*, Paris, Payot, 1937.

Chapitre x

O. Wilde, *Ballade de la geôle de Reading*, Paris, Mercure de France, 1927.
P. Verlaine, *Femmes, Hombres*, Paris, Terrain vague, 1990.
P. Verlaine, *Poésies religieuses*, Paris, Albert Messein, 1926.

Chapitre xi

A. Gide, *Si le grain ne meurt*, Paris, Gallimard, 1955.
A. Gide, *Oscar Wilde*, Paris, Mercure de France, 1948.

Remerciements

Les remerciements de l'auteur vont aux bibliothécaires de l'École normale supérieure (Ulm), de la Bibliothèque nationale, de la Bibliothèque du Club alpin français et de la British Library, pour les recherches qu'il a menées dans ces institutions entre 1989 et 1995.

DU MÊME AUTEUR

Aux Éditions Gallimard

FEMMES ET RELIGIONS, 1994 (« Découvertes » n° 206)

Aux Éditions Albin Michel

L'ÉCOLE, 1991

QU'EST-CE QU'UNE RELIGION ?, 1992

L'AFFAIRE OSCAR WILDE, 1995

JÉSUS ET BOUDDHA, 1996

Aux Éditions Masson

GRAND ORAL, 1989

PRINCIPES DU POLITIQUE, 1991

CULTURE GÉNÉRALE, 1995, 5e édition

Aux Éditions Flammarion, collection « Dominos »

L'ÉTAT ET LE POLITIQUE, 1994

LES RELIGIONS DANS LE MONDE, 1994

L'ADMINISTRATION ET LE POUVOIR, 1995

COLLECTION FOLIO

Dernières parutions

2824.	Lawrence Durrell	*L'ombre infinie de César.*
2825.	Mircea Eliade	*Les dix-neuf roses.*
2826.	Roger Grenier	*Le Pierrot noir.*
2827.	David McNeil	*Tous les bars de Zanzibar.*
2828.	René Frégni	*Le voleur d'innocence.*
2829.	Louvet de Couvray	*Les Amours de chevalier de Faublas.*
2830.	James Joyce	*Ulysse.*
2831.	François-Régis Bastide	*L'homme au désir d'amour lointain.*
2832.	Thomas Bernhard	*L'origine.*
2833.	Daniel Boulanger	*Les noces du merle.*
2834.	Michel del Castillo	*Rue des Archives.*
2835.	Pierre Drieu la Rochelle	*Une femme à sa fenêtre.*
2836.	Joseph Kesel	*Dames de Californie.*
2837.	Patrick Mosconi	*La nuit apache.*
2838.	Marguerite Yourcenar	*Conte bleu.*
2839.	Pascal Quignard	*Le sexe et l'effroi.*
2840.	Guy de Maupassant	*L'inutile beauté.*
2841.	Kôbô Abe	*Rendez-vous secret.*
2842.	Nicolas Bouvier	*Le poisson-scorpion.*
2843.	Patrick Chamoiseau	*Chemin-d'école.*
2844.	Patrick Chamoiseau	*Antan d'enfance.*
2845.	Philippe Djian	*Assassins.*
2846.	Lawrence Durrell	*Le carrousel sicilien.*
2847.	Jean-Marie Laclavetine	*Le Rouge et le Blanc.*
2848.	D.H. Lawrence	*Kangourou.*
2849.	Francine Prose	*Les petits miracles.*
2850.	Jean-Jacques Sempé	*Insondables mystères.*
2851.	Béatrix Beck	*Accommodements avec le ciel.*
2852.	Herman Melville	*Moby Dick.*
2853.	Jean-Claude Brisville	*Beaumarchais, l'insolent.*

2854. James Baldwin — *Face à l'homme blanc.*
2855. James Baldwin — *La prochaine fois, le feu.*
2856. W. R. Burnett — *Rien dans les manches.*
2857. Michel Déon — *Un déjeuner de soleil.*
2858. Michel Déon — *Le jeune homme vert.*
2859. Philippe Le Guillou — *Le passage de l'Aulne.*
2860. Claude Brami — *Mon amie d'enfance.*
2861. Serge Brussolo — *La moisson d'hiver.*
2862. René de Ceccatty — *L'accompagnement.*
2863. Jerome Charyn — *Les filles de Maria.*
2864. Paule Constant — *La fille du Gobernator.*
2865. Didier Daeninckx — *Un château en Bohême.*
2866. Christian Giudicelli — *Quartiers d'Italie.*
2867. Isabelle Jarry — *L'archange perdu.*
2868. Marie Nimier — *La caresse.*
2869. Arto Paasilinna — *La forêt des renards pendus.*
2870. Jorge Semprun — *L'écriture ou la vie.*
2871. Tito Topin — *Piano barjo.*
2872. Michel Del Castillo — *Tanguy.*
2873. Huysmans — *En route.*
2874. James M. Cain — *Le bluffeur*
2875. Réjean Ducharme — *Va savoir.*
2876. Matthieu Lindon — *Champion du monde.*
2877. Robert Littell — *Le sphinx de Sibérie.*
2878. Claude Roy — *Les rencontres des jours 1992-1993.*
2879. Danièle Sallenave — *Les trois minutes du diable.*
2880. Philippe Sollers — *La guerre du goût.*
2881. Michel Tournier — *Le pied de la lettre.*
2882. Michel Tournier — *Le miroir des idées.*
2883. Andreï Makine — *La confession d'un porte-drapeau déchu.*
2884. Andreï Makine — *La fille d'un héros de l'Union Soviétique*
2885. Andreï Makine — *Au temps du fleuve Amour.*
2886. John Updike — *La parfaite épouse.*
2887. Defoe — *Robinson Crusoé.*
2888. Philippe Beaussant — *L'archéologue.*
2889. Pierre Bergounioux — *Miette.*
2890. Pierre Fleutiaux — *Allons-nous être heureux ?*
2891. Remo Forlani — *La déglingue*

2892. Joe Gores	*Inconnue au bataillon*
2893. Félicien Marceau	*Les ingénus*
2894. Ian McEwan	*Les chiens noirs*
2895. Pierre Michon	*Vies minuscules*
2896. Susan Minot	*La vie secrète de Lilian Eliot*
2897. Orhan Pamuk	*Le livre noir*
2898. William Styron	*Un matin de Virginie*
2899. Claudine Vegh	*Je ne lui ai pas dit au revoir*
2900. Robert Walser	*Le brigand*
2901. Grimm	*Nouveaux contes*
2902. Chrétien de Troyes	*Lancelot ou le chevalier de la charrette*
2903. Herman Melville	*Bartleby, le scribe*
2904. Jerome Charyn	*Isaac le mystérieux*
2905. Guy Debord	*Commentaires sur la société du spectacle*
2906. Guy Debord	*Potlatch.*
2907. Karen Blixen	*Les chevaux fantômes et autres contes.*
2908. Emmanuel Carrère	*La classe de neige.*
2909. James Crumley	*Un pour marquer la cadence.*
2910. Anne Cuneo	*Le trajet d'une rivière.*
2911. John Dos Passos	*L'initiation d'un homme.*
2912. Alexandre Jardin	*L'île des Gauchers.*
2913. Jean Rolin	*Zones.*
2914. Jorge Semprun	*L'Algarabie.*
2915. Junichirô Tanizaki	*Le chat, son maître et ses deux maîtresses.*
2916. Bernard Tirtiaux	*Les sept couleurs du vent.*
2917. H.G. Wells	*L'île du docteur Moreau.*
2918. Alphonse Daudet	*Tartarin sur les Alpes.*
2919. Albert Camus	*Discours de Suède.*
2921. Chester Himes	*Regrets sans repentir.*
2922. Paula Jacques	*La descente au paradis.*
2923. Sibylle Lacan	*Un père.*
2924. Kenzaburô Oé	*Une existence tranquille.*
2925. Jean-Noël Pancrazi	*Madame Arnoul.*
2926. Ernest Pépin	*L'Homme-au-Bâton.*
2927. Antoine de St-Exupéry	*Lettres à sa mère.*
2928. Mario Vargas Llosa	*Le poisson dans l'eau.*
2929. Arthur de Gobineau	*Les Pléiades.*

2930. Alex Abella — *Le massacre des saints.*
2932. Thomas Bernhard — *Oui.*
2933. Gérard Macé — *Le dernier des Égyptiens.*
2934. Andreï Makine — *Le testament français.*
2935. N. Scott Momaday — *Le chemin de la montagne de pluie.*
2936. Maurice Rheims — *Les forêts d'argent.*
2937. Philip Roth — *Opération Shylock.*
2938. Philippe Sollers — *Le Cavalier du Louvre. Vivant Denon.*
2939. Giovanni Verga — *Les Malavoglia.*
2941. Christophe Bourdin — *Le fil.*
2942. Guy de Maupassant — *Yvette.*
2943. Simone de Beauvoir — *L'Amérique.*
2944. Victor Hugo — *Choses vues I.*
2945. Victor Hugo — *Choses vues II.*
2946. Carlos Fuentes — *L'oranger.*
2947. Roger Grenier — *Regardez la neige qui tombe.*
2948. Charles Juliet — *Lambeaux.*
2949. J.M.G. Le Clezio — *Voyage à Rodrigues.*
2950. Pierre Magnan — *La Folie Forcalquier.*
2951. Amoz Oz — *Toucher l'eau, toucher le vent.*
2952. Jean-Marie Rouart — *Morny, un voluptueux au pouvoir.*
2953. Pierre Salinger — *De mémoire.*
2954. Shi Nai-An — *Au bord de l'eau I.*
2955. Shi Nai-An — *Au bord de l'eau II.*
2956. Marivaux — *La Vie de Marianne.*
2957. Kent Anderson — *Sympathy for the devil.*
2958. André Malraux — *Espoir – Sierra de Teruel.*
2959. Christian Bobin — *La folle allure.*
2960. Nicolas Bréhal — *Le parfait amour.*
2961. Serge Brussolo — *Hurlemort.*
2962. Hervé Guibert — *La piqûre d'amour et autres textes.*
2963. Ernest Hemingway — *Le chaud et le froid.*
2964. James Joyce — *Finnegans Wake.*
2965. Gilbert Sinoué — *Le Livre de saphir.*
2966. Junichirô Tanizaki — *Quatre sœurs.*
2967. Jeroen Brouwers — *Rouge décanté.*
2968. Forrest Carter — *Pleure, Geronimo.*

Composition Euronumérique.
Impression Société Nouvelle Firmin-Didot.
le 3 juin 1997.
Dépôt légal : juin 1997.
Numéro d'imprimeur : 38859.

ISBN 2-07-040212-6/Imprimé en France.

80329